수원을 걷는 건,
화성을 걷는 것이다

수원을 걷는 건,
화성을 걷는 것이다

걸어본다
17
수원화성

김남일 에세이

ㄴㄴ〉〈ㄷㄴ

Prologue
광장에서

계획대로라면 지금쯤 짐을 꾸리고, 여권의 유효기간을 새삼 확인하고, 이미 끊어놓은 항공권을 다시 한번 챙기고 있어야 한다. 대통령이 권좌에서 물러났을 새봄에 기다렸다는 듯 베를린에 가고, 거기서, 그러니까 초여름 발터 벤야민*의 베를린에서 새 대통령의 취임 소식을 듣는다. 이것이 내 계획이었다. 실은 꿈이라고 말하고 싶지만 그러기엔 내 나이가 부담스럽다. 추측건대 그런 나이가 나를 배반했을 것이다. 나를 여러 차례 블랙리스트에 올렸던 국가기구는 내가 행복하고 느긋하게 베를린의 신록을 즐길 기회를 주지 않았다. 오해 마시라. 섭섭하긴 해도, 그건 물론 블랙리스트하고는 상관없는 결과였다. 심사위원들은 나보다 젊고 유능한 두 작가를 베를린에 보내기로 결정했고, 나는 인터넷에서 그

---

* Walter Benjamin(1892~1940). 유대계 출신의 독일 문예평론가이자 사상가.

사실을 확인한 후 한 3분쯤 멍하니 있다가, 한 5분쯤 툴툴거리다가, 한 10분쯤 지나서는 그 결정을 '너그러이' 받아들였다. 그러면서 내년에는 지원자가 좀더 적은 나라를 선택하리라 생각했다. (베를린에서 기다리기로 한 내 팔레스타인 여동생에게는 뭐라 말한담?) 어쨌거나 지난겨울 광화문에서 부지런히 촛불을 들 때 세웠던 내 계획은, 아쉽지만 하나는 이루었고 하나는 이루지 못한 셈이 되었다. 대통령은 물러났고, 나는 떠나지 못했다. 대신, 대통령이 사라진 이 봄, 부지런히 수원을 오가는 중이다. 이제 곧 한 세기의 삶을 맞이할 아버지 때문이다.

아버지가 쓰러지셨다는 전화를 받은 곳도 광장이었다. 그때 우리는 촛불의 마지막 고비를 넘어가고 있었다. 영하 10도를 무시로 오르내리는 한파도 광장의 열기를 꺾지 못했다. 바람이 불면 꺼진다던 촛불은 LED로 더 커졌다. 태극기는 아직 비교할 규모가 아니었다. 우리는 모두 코가 빨갛게 달아오른 채 혁명이 어떻게 거대도시를 장악해가는지 목격하던 중이었다. 스스로 감탄했다. 시위대는 매일같이 불어났고 끊임없이 진화했다. 나 하나 쓰레기를 버리면, 나 하나 발길을 미루면, 자칫 동티가 날지 모른다는 불안감이야 내남없었지만, 대세는 이미 결정난 터였다. 그리고 제야의 종소리를 기다리던 그 저녁, 우리는 저마다 속옷에 용한 부적 한 장씩 붙이고 온 사람들처럼 승리를 확신했다. 사실 달리 길은 없었다. 각성한 시민계급에 의해 부패한 정권이 무너지고 완전히 새로운 체제가 이순신 장군의 어깨 너머로 보름달처럼 둥드럿 솟아오르면 장관이겠거니 생각할 무렵, 남동생이 전화를 걸어왔다.

박 근 혜 는 내 려 와 라.

지 금 당 장 내 려 와 라.

나는 청와대로 향하는 행진 대오에 막 몸을 섞은 참이었다. 그 엄청난 소음 속에서도 용케 동생의 목소리를 가려낼 수 있었다.

여기 병원이야. 아버지, 쓰러지셨어.

가슴이 철렁했다.

여동생이 일어나지 못하는 아버지를 발견했다. 얼른 남동생을 불렀고, 둘이 함께 119를 불러 병원으로 모셨다. 의사 말이 급성 폐렴인 듯싶다는데, 지금은 링거를 꽂은 채 주무신다 등등.

한숨을 크게 몰아쉬었다. 다음 순간, 나는 망설였다. 지금 당장 내려가야 하나. 바로 눈앞 청와대에서는 대통령이 저토록 완강하게 퇴진을 거부하며 농성중인데…… 나는 결국 1789년 바리케이드와 함께 등장한 저 시민계급의 일원으로서 역사적 책무를 선택했다. 다행히 착한 동생은 내 그런 결정을 미리 짚고 있었다.

광화문이지? 내일 아침 일찍 내려오면 돼. 지금은 잘 주무시니까.

그제야 나는 내가 가야 할 도시, 아버지가 끌고 오신 근 백 년 생이 묻어 있고, 나 역시 생의 뿌리를 뻗고 있는 도시, 그 도시가 발터 벤야민의 베를린은 아니라는 사실을 비로소 깨달았다.

벤야민은 호사스럽다 할 정도로 인문주의의 세례를 받은 지식인이었다. 그리스 로마 이후 저 찬란한 서구문명의 정수가 고스란히 그의 유전

자에 각인되었을 터였다. 그 결과, 그는 자신의 도시 베를린을 사적인 회상의 수면 아래 잠기게 하는 대신 역사적 경험의 차원으로 넓히고자 노력했고, (비록 그 바람에 히틀러를 피해 달아나다가 피레네 산맥에서 스스로 생을 마감하게 되지만) 그 점에서는 꽤 성공한 셈이었다. 반면, 앞이 캄캄하고 뒤가 아득한 소작농의 아들로 태어난 내 아버지는, 당신이 살아온 한 세기가 어떤 의미인지 인문학적으로 해석할 능력이 전혀 없었다. 예컨대 당신에게 유년 시절이란 오직 '먹을 것'이었고, 그게 없었으니 아비규환에 다름아니었다. 얼마나 못살았는지 여쭤보면, 경치게도 가난했지 하는 대답만 돌아왔다. 나는 (먹을거리가 아니라 쓸거리에 굶주린) 소설가답게 좀더 실감나는 묘사를 원했지만, 아버지는 그 시절을 떠올리는 것조차 징그럽다는 듯 딴청을 피우곤 했다.

가요, 형. 끝을 봐야죠.

지난 세기에 만난 여자 소설가 후배들이 내 소매를 끌며 말했다. 나는 1900년경 베를린에서 유년기를 보낸 발터 벤야민을 따르려던 발길을 얼른 돌렸다.

시위대의 선두는 막 효자동 길로 접어들고 있었다. 거대한 해일이었다.

차례

그가
아직
수원을 걷던 때

그가 아직 어렸을 때, 수원은 걷기에 적당한 도시였다. 중학교는 장안문(북문) 바깥에 있었는데, 팔달문(남문) 쪽에 집이 있던 그는 매일같이 걸어서 학교에 다녔다. 그 시절 그는 수수깡같이 말랐고 잠자리처럼 가벼웠다. 두 다리는 망아지처럼 튼튼했다. 서울에서 보낸 고등학교 때는 그 두 다리로 산동네에서 한 통에 10원짜리 물지게를 져 나르기도 했다. 가끔 물통을 엎긴 했어도, 그건 그의 다리가 아니라 얼어붙은 비탈길 때문이었다. 대학에 들어가면서 그는 다시 수원에 내려왔는데, 그때부터는 수원역을 오갈 때 주로 버스를 이용했다. 그래도 서울에서 일찍 내려온 날은 세무서 옆 샛길로 해서 매산학교와 수원향교, 부국원, 교동파출소를 지나 시내 한복판까지 걸어가곤 했다. 그는 그 길이 좋았다. 한의원 간판을 단 처마 낮은 기와집 앞을 지나면서는 어린 시절 본 〈인체경락도〉 같은 걸 떠올리곤 했다. 군데군데 남아 있던 적산가옥들도 크게 흉물스럽지 않았다. 그 길로는 자동차가 많이 다니지 않았기 때문에 이 것저것 구경에 한눈을 팔아도 뭐랄 사람은 없었다. 그렇더라도 그는 이 미 성인이었다. 매일같이 뭔가 할 일이 있었고, 되도록 쓸데없는 데 시간 을 빼앗기고 싶지 않았다. 무릇 성인이라면 허튼 일을 해서는 안 된다고 배웠으므로. (미련했다. 그건 成人이 아니라 聖人에게나 해당하는 말이었 을 터.)

사실 그가 도스토옙스키나 카프카의 주인공들처럼 공상을 즐긴 것도 아니었다. 그 무렵 그는 세상의 위대한 작가들이 왜 그토록 남의 집 창문 이나 담장 너머에 관심을 기울였는지 미처 깨닫지는 못하고 있었다. 제 임스 조이스는 쇠락한 더블린의 골목에서 밤마다 온갖 불쾌한 사건들이 벌어진다는 사실에 치를 떨었지만, 관음에 가까운 시선을 포기하지 않 았다. 그 결과 더블린은 세계문학사에 당당히 제 이름을 올릴 수 있었다. 1919년생인 도리스 레싱은 일흔이 넘은 나이에도 자신이 1949년 이래 거주하고 있던 런던에 대한 호기심을 거두지 않았다. 그녀의 눈과 귀는 늘 런던의 공원, 지하철, 택시 뒷좌석, 병원 응급실, 카페, 살롱, 공항 청 사, 버릇없는 젊은이들, 흑인과 아랍인들, 빅토리아 시대에서 영영 헤어 나지 못하는 노부인들을 향하고 있었다. 그런 까닭에 『런던 스케치』를 읽고 나서 식민지 경성의 기형적인 근대를 산책하던 소설가 박태원을 떠올린다면 다소 어색한 일이겠다. 『소설가 구보 씨의 일일』의 화자는 도무지 '바깥'에 관심이 없었다. 『런던 스케치』와 짝을 이루는 건 『천변 풍경』이리라. 청계천변에서 벌어지는 온갖 구질구질한 잡사가 다 『소설 가 구보 씨의 일일』을 쓴 같은 작가의 손끝에서 나왔다는 사실은 차라리

경이롭다.

한편 그는 공상의 나래를 펴는 것도 아니었고, 길가 상점들은 물론 여염집 담장 너머나 창문 안쪽에도 딱히 관심이 없었다. 말하자면 소설가로서는 싹수가 노랬던 것. 게다가 그는 기억력마저 부실했다. 아직 통금이 있던 시절 큰집에서 제사를 지내고 아버지와 함께 걸어서 귀가하던 그 어느 날 밤의 수원을 감싸고 있던 어둠의 색조를 기억하지 못한다. '만상제'라는 말을 처음 들었던 날이었을까. 그 말이 무슨 뜻인지 알 리 없어도, 그날따라 그의 어깨는 유난히 무거웠다. 부자는 역전 파출소 옆을 지나다가 불려갔는데, 아버지가 무어라 발명을 하자 순경은 그들의 손목에 도장을 찍어주었다. 돼지 편육에나 남아 있을 시퍼런 도장, 꽝. 말하자면 그게 통행증이었다. 어쨌건 그날, 밤은 꽤 이슥했는데, 색깔도 냄새도 평소 그가 알던 그 수원이 아니었다.

걷기에도 고저장단이 있고, 냄새와 맛, 색깔이 있다는 사실은 훨씬 늦게야 깨닫게 되는 것이었다.

농촌진흥청에서 수원역과 팔달문을 거쳐 광교저수지 아래, 지금은 보훈지청으로 이름이 바뀐 원호원까지 가는 구간이, 시내버스로는 아마 수원에서 가장 긴 노선이었을 것이다. 한 번도 작심하고 그 구간을 다 걸어본 적은 없다. 하지만 수원역부터 걷는다고 할 때, 팔달문까지 와서 한 번 쉬고 거기서 다시 기운을 내 원호원까지 간다면, 마냥 못 갈 길도 아니었다. 팔달문에서 종로사거리를 지나 장안문까지 가다보면 왼쪽에 헌책방이 하나 있었다. 그는 언제부턴가 그 가게를 들락거렸다. 딴에는 대

헌책방, 그때 그 서점은 사라졌어도.

학생이라고 평택이나 쑥고개(송탄)의 미군부대에서 흘러나왔을 원서에도 과도한 관심을 기울였다. 가정교사를 해서 받은 돈으로 빨간 표지의 양장본 소설 『개 목걸이』*를 샀는데, 책벌레쯤 대수랴, 그는 첫 장 첫 줄부터 넋을 홀딱 빼앗겼다.

"인생은 수수께끼다. 그러나 죽음이 답일 순 없다."

얼마나 그럴싸한가. 그는 곧 그 구절을 영어로 중얼거리며 다닐 수 있게 되었다. 여자친구를 만나서는 이런 구절 하나만 알면 당장 내일 죽어도 별로 안타까울 건 없지 않겠느냐는 투로, 심드렁하게, 게다가 마치 그 구절을 367페이지쯤에서 발견한 듯 떠벌렸다. 고백한다. 그런 열광과 허세에도 불구하고 실은 채 두 페이지도 읽지 못했다. (죽기는 또 왜 죽는가!)

『창작과비평』『문학과지성』은 아직 잘 몰랐고 『사상계』보다는 『세대』를 좋아하던 시절이었는데, 무엇보다 잡지의 과월호를 뒤져 이병주의 『지리산』이나 홍성원의 『남과 북』 같은 대하소설의 빠진 이빨을 맞추는 재미가 쏠쏠했다. 또한 그가 평생 읽은 글 중에서 가장 아름다운 글이라고 생각해 훗날 여기저기 선보이게 되는, 한 인디언 추장이 미국 대통령에게 보낸 편지가 실린 잡지 월간 『대화』를 찾아낸 곳도 그곳이었다.

"어떻게 당신은 하늘을, 땅의 체온을 사고팔 수 있습니까. 그러한 생각은

---

* 이제 확인하니, 그건 스티븐 베커Stephen Becker, 1927~1999의 소설이었다. 원제는 『Dog Tags』인데, 군인들이 거는 인식표를 말한다. 소설에서는 자조적인 의미가 강하기 때문에, '개 목걸이' 정도로 번역할 수도 있겠다.

우리에게는 매우 생소합니다. 더욱이 우리는 신선한 공기나 반짝이는 물을 소유하고 있지도 않습니다. 그런데 어떻게 당신이 그것들을 우리한테서 살 수 있겠습니까. 이 땅의 구석구석은 우리 백성들에게는 신성합니다. 저 빛나는 솔잎들이며 해변의 모래톱이며 어두침침한 숲속의 안개며 노래하는 온갖 벌레들은 우리 백성들의 추억과 경험 속에서 성스러운 것들입니다."*

가슴이 먹먹했다.

구름과 모래톱이, 벌레와 늑대가 가슴속으로 스멀스멀 밀려들어왔다.

잡지는 뒤표지가 공백 상태였는데, 한구석에 "이 난은 광고를 게재하는 난입니다"라고 써서, 그러니까 무언가 외압이 있다는 사실을 암시하는 것으로써, 당대 정치 현실에 대해 발랄하면서도 더없이 엄숙한 저항을 시도하고 있었다. 1974년에 이미 세계적으로도 유례가 없을 동아일보 백지 광고 사태를 경험한 나라의 잡지다웠다.

어느 해던가, 아무도 가르쳐주지 않았지만 신예 작가 조세희의 가치를 스스로 알아본 그는 여름방학 내내 좁은 방안에서 '난장이'를 붙잡고 씨름했다. 도무지 궁금해서 견딜 수 없었다. 그는 그 작가가 쓴 작품이 뭐 더 없는지 찾기 위해 헌책방 안을 다락까지 샅샅이 뒤졌는데, 두어 편쯤 발표작을 더 찾아내곤 마치 신춘문예에 당선이라도 된 양 기뻐했다. 그 여름 그는 땀띠가 나도록 열심히 조세희를 읽었다. 그 덕분으로, 그해

---

* 수와미족 추장 시애틀이 미국 피어스 대통령에게 보낸 편지, 「신세계에 보내는 메시지」, 월간 『대화』 1977년 10월호. 이 편지는 김남일이 『안병무 평전』 후기, 청소년 소설 『모래도시의 비밀』 등 이미 여러 지면을 통해 인용한 바 있다. 일일이 그 지면을 밝히지 않는다.

이 길로 쭉 가면, 낯선 간자체 간판들과 터무니없이 크고 요란한 간판들, 다닥다닥 붙은 세무사와 회계사 사무소들, 모텔들이 나타날 것이다.

연말에는 교지에서 주관하는 문학상(평론 부문)도 받았다.

그는 헌책방을 찾아서 종로 거리를 걷던 젊은 시절의 한 청년, 그러니까 장발에 사철 말랐고, 무엇보다 깨어 있던 동안에는 늘 까닭 모를 신열에 조금은 달떠 있던 자기를 기억한다. 물론 따옴표 속에 집어넣을 만한 '걷기'의 시대는 아니었다. 그건 아직 기표로도 불완전했고, 그런 만큼 딱히 어떤 숨은 뜻 같은 게 있을 턱도 없었다. 그러나 그렇게 헌책방을 찾아가고, 거기서 구한 책을 손에 쥐고 다시 거리로 나설 때, 그는 이따금 자신이 읽은 카뮈나 사르트르의 한 장면 속을 걷는 듯한 환상에 젖어들곤 했다. 그러다 가끔은 옹성도 문루도 없던 장안문 낡은 석축 위로 지중해 부럽지 않은 햇살이 눈부시게 빛났을지도 모른다.

여기까지 쓰고 그는 모처럼 세무서 옆길을 다시 걸었다. 중국인 거리, 낯선 간자체 간판들과 터무니없이 크고 요란한 간판들, 다닥다닥 붙은 세무사와 회계사 사무소들, 모텔들, 기획사와 작은 인쇄소들, 언덕 위의 초등학교, 군데군데 음식점과 카페들, 수원시 가족계획협회(?), 철학원, 오락실, 크고 작은 교회들— 그는 제 기억을 믿을 수 없었다. 어디에도 자신이 돌아갈 때와 장소는 없었다. 마치 긴 여행 끝에 엉뚱한 행성에 들어선 여행자 같았다. 이음새를 청테이프로 감싼 낡은 연통이 낡은 유리창을 니은자로 뚫고 나온, 그리고 그 앞에 병원 대기실용 나무의자와 낡은 자전거와 주황색 고깔(러버콘)을 내놓은 칼국숫집의 큼지막한 함석 간판마저 없었다면, 옛길의 모습은 흔적조차 찾기 어려웠을 것이다. 당연히 그는 큰 키의 주인 사내가 악보 두 장 크기만한 녹색 칠판에 분필로

또박또박 곡명을 적던 고전음악 감상실 '고칠현삼古七現三'이 있던 곳을 기억하지 못했다. 무엇보다 그가 가장 망연해한 건, 시대와 불화한 청년들의 아지트 양서협동조합 자리를 도무지 짐작하지도 못하겠다는 사실 때문이었다. 성에가 달라붙기 딱 좋게 생긴 미닫이 유리문과 늦가을부터 석 달 열흘 꺼지지 않았을 연탄난로, 그 위에서 쉭쉭 뜨거운 김을 뿜어내던 커다란 양은 주전자. 무엇보다 그곳을 들락거리던 청년들 ─ 마치 엊그제부터 줄기차게 내리던 눈발을 헤치고 온 듯한, 죄인처럼 수그리고 코끼리처럼 말이 없던*, 웃음을 지어도 미간에는 늘 내 천川 자 주름을 남기던 청년들. 가끔은 서 있으면 그대로 시베리아 자작나무 같던 청년들. 유신의 서자들. 그러니까 그의 멀거나 가까운 벗들.

그때 그는 서가에서 슬며시 영어 원서를 꺼내 애써 몇 쪽을 훑어보곤 했다. 『1848년』과 루시앙 골드만의 『숨은 신』, 그리고 루카치의 『역사와 계급의식』 같은 책들. 그 옆엔 복사본 『서사시 금강』 같은 시집도 꽂혀 있었을 것이다.

시간은 그의 등을 거칠게 떠밀었다.

젊은 날의 그를 처음 양서협동조합으로 데리고 가, 그때까지 그가 알던 세계와 전혀 다른 세계를 꿈꾸는 일도 가능하다는 사실을 깨닫게 한 그의 (한때 가장 친했던) 벗 K는, 그가 이 글을 쓰기 직전 유명을 달리하고 말았다. 사고사라고 했다. K는 이혼 후 홀로 강원도 평창의 어느 리조트에서 일용직 노동자로 일을 하고 있었다. 얼마 전에는 정규직으로 전

---

* 이용악, 「두만강 너 우리의 강아」 중에서.

옛 부국원 건물. 용도를 잃고 한쪽 구석에 붙어 있는 전기 배선판과 중동이 끊긴 홈통과……

그가 아직 수원을 걷던 때

환되어 무척 기뻐했다고 하는데, 그는 그 소식을 문상객이 거의 없던 쓸 쓸한 빈소에서 처음 들었다. K의 두 딸은 화장장에서 연신 "아빠, 미안 해"하고 오열했지만, 그는 그동안의 제 무심함에 함부로 울지도 못했다.

그래도 그는 다시 걷는다.

부국원이 남아 있다.

일제강점기인 1923년에 설립해서 종자와 비료 등을 판매했고, 전쟁 직후에는 법원 및 검찰의 청사로, 1974년에는 민주공화당 경기도당 사무실로, 1979년에는 수원예총 건물로, 1981년에는 내과의원으로 쓰이다가, 2006년 수원시 향토유적 제19호로 지정되기 직전에는 인쇄소로 쓰이던 건물이다. 그나마 수원 시내에 거의 유일하게 남아 있는 20세기 초반의 건물이라 한다. 용도를 잃고 건물 한쪽 구석에 붙어 있는 전기 배선판과 중동이 끊긴 홈통과 (이제 곧 불러야 할지도 모르는) '사다리 차' 광고 전단지들을 그는 하릴없이 사진에 담았다. 그냥 그래야 할 것 같아서.

화성을 돈다.
화성을 돌다니!

수원을 걷는 건, 화성을 걷는 것이다. 지구가 아니다.

그는, 이런 농담을 할 만큼 여유가 생겼다.

(실은, 늙은 것이지.)

화성은 수원을 둘러싼 성이다. 더 정확히는 동서남북 네 개의 성문과 그것들을 잇는 성벽을 통틀어 이르는 말이다. 화성도 외적의 침입을 막아내는 방어의 기능을 무엇보다 앞세웠을 것이다. 그러나 오늘 화성을 찾는 어느 누구도 그런 기능을 쉽게 떠올리지 못한다.

그 역시 자기가 사는 이 시대가 더이상 성/벽을 필요로 하지 않는 시대임을 잘 안다. 성이든 벽이든 현란한 시대의 파고를 견디지 못한다. 아니, 성/벽이 아무리 견고해도, 그것으로 막을 수 있는 적은 없다. 잡는 순간, 빠져나간다. 적이 없는 자리에 관광객들이 우르르 밀려든다. 어제 다르고, 오늘 다르다. 사드 때문에 중국인 관광객들이 뚝 끊겼다 하지만,

그래도 성/벽 어디나 관광객들이 있다. 솔직히 말하면, 그들은 성/벽에 관심이 없다. 그들은 가이드의 설명을 듣는 순간에도 부지런히 세계와 접속한다. 도쿄에 있는 어머니에게 제 모습을 찍어 보내고, 상하이 주식 시장의 종합지수를 실시간으로 검색한다. IT 강국의 호기심 많은 청년 들이라면 성/벽에 나타난 피카츄를 잡았을지도 모른다(그런데 그 많던 피카츄들은 어디로 다 가버렸나). 개량한복인 것도 같고 아닌 것도 같은 한복을 빌려 입은 청소년들이 서울처럼 많지는 않아도 더러 눈에 띄는 데, 그들 역시 또다른 성/벽, 즉 교복과 교과서의 영토를 아주 쉽게 빠져 나간다. 까르르, 그들의 웃음소리가 아이스크림처럼 청냉하다. 군데군 데 녹색 조끼를 입은 자원봉사 노인들이 서서 손에 든 플라스틱 지시봉 으로 가야 할 곳과 가지 못할 곳을 구분해주지만, 21세기 관광객들과 개 량한복 시즌 2 청소년들의 유쾌한 탈주를 막기에는 처음부터 역부족이 다. (그는 문득 개량한복 시즌 2들이 22세기까지 살 거라는 사실에 경탄한 다. 아, 호모사피엔스가 그때까지도 사는구나!)

사실 그들에게 성/벽은 오감 중 시각에 먼저 봉사하게 된 식당 음식과 크게 다르지 않을 것이다. 그들은 찍고 나서 먹는다. 찍고 나서 본다. 찍 고 나서 만진다. 찍고 나서 맡는다…… 그런 그들에게 가이드가 알려주 는 정보는 대단한 게 아니다. 왜냐하면 그들이 저마다 손에 들고 있는 스 마트폰에는 성/벽에 관한 정보가 이미 차고 넘치기 때문이다.

수원 화성은 정조의 효심이 탄생시킨 조선 후기 최대의 신도시로서, 왕 권을 강화하는 것은 물론, 개혁과 위민 정치에 대한 그의 열망이 고스란히 담겨 있다. 화성 건설에는 채제공, 정약용을 비롯한 당대 최고 지식인들의 지혜와 과학 기술이 총동원되었다. 조선 시대 성곽 문화의 꽃이자 우리 민족 문화유산의 자랑인 수원 화성은 1997년 유네스코에 의해 세계문화유산으로 등재되었다. 화성에는 동서남북 네 개의 문을 비롯하여 모두 열한 개의 문이 있으며, 성곽의 길이는 거의 6킬로미터에 이르는데……

그는 자신의 기억이 그런 정보들과 얼마나 같고 다른지 확인하고 싶은 마음이 없다. 어차피 그는 스마트폰도 없다. 2G에 앞 번호가 여전히 018인 그로서 할 수 있는 건 다만, 스마트폰들과 조금 떨어져서, 가능한 한 가이드의 목소리를 듣지 않으며 천천히 걷는 것뿐이다.

걷기는 정보가 아니라 이야기다.

고백하건대, 수원에서 나고 자란 그는 이 나이가 되어서야 마침내 온전한 화성 일주를 시도하는 것이다. 변명을 하자면, 적어도 그가 대학을 다니던 무렵까지는 화성이 지금과 같은 모습으로 복원된 상태가 아니었다. 딱히 복원을 바란 것도 아니었다. 김이 새나오지 않게 떡시루에 바르는 밀가루처럼 하얀 회칠만 눈에 두드러지는 복원이라면 더더욱. 이렇게 말할 수도 있겠다. 숲속에 있으면 오히려 숲이 잘 보이지 않는 법, 그는 굳이 작심하고 성/벽을 돌 필요성을 느끼지 못했을지도 모른다.

그만 그런 게 아니고, 수원 사람은 아무도 화성을 돌지 않았다!

실은, 그 무렵의 수원에는 '화성' 같은 건 없었다. 그는 거의 매일같이 남문이든 북문을 지나고, 보기보다 자주 술에 취해 엎어지고 자빠지며

팔달산을 오르기도 했지만, 한 번도 '화성'을 지나거나 오른다고 생각한 적은 없었다. 군이 불러야 할 필요가 있을 때는 '수원성'이라고 했다. 그가 갖고 있던 1986년판 한 권짜리 『수원시사』에도 '화성' 대신 '수원성'이 있을 뿐이다. (제3장의 제목은 당당하게 「수원성 편」이다). 그러다가 갑자기 그 이름이 잘못되었다는 이야기가 풍문처럼 들려왔다. 알고 보니, 화성 복원 사업과 밀접한 관련이 있었다. 또 화성행궁을 복원해야 한다는 말, 그리고 이참에 이름도 바로잡아야 한다는 말이 돌았다.

그렇게 수원성이 화성으로 거듭날 무렵, 그는 이미 '숲' 밖에 나가 살고 있었다. 롤러코스터를 탄 것처럼 멀미 나는 삶이었다. 서구의 300년을 30년에 따라잡자는 속도였다. 경제도 민주주의도, 사랑도 이별도, 다 부수고 새로 짓자였고, 어디서나 머리띠를 질끈 동여매고 결사 투쟁이었다. 한 칼에 두 동강을 내야 했고, 동지가 아니면 적이었다. 그가 제 삶의 주인이라고 느낀 순간들이 왜 없었겠냐만, 그런 순간들은 아주 짧았다. 발끝에 체중을 싣고 일어서야 했지만, 슬랩은 너무 미끄러웠다. 붙잡을 홀드 같은 걸 기대할 경사면이 아니었다. 손을 떼. 자신을 믿으라구. 그의 머리 위에서 선등자가 소리쳤다. 그 선등자가 빌레이(자기 확보)조차 변변치 않은 바로 그 자신이라는 사실을 어떻게 깨달을 수 있단 말인가.

마침내 모멸의 시간이 찾아왔을 때, 그는 이렇게 썼다.

시간을 버리고 싶어.

산 아래의 시간.

산 아래에서 흘러간 시간들, 산 아래에서 흘러가는 시간들, 산 아래에서
흘러갈 시간들…… 어느 시인처럼 이번 생은 조졌다고 말할 용기는 없었
지만, 산 위에서 나는 그렇게 말했다.

　　　　　　　　　　　　　　　　　　　　　　　　　　—「사북장 여관」 부분

　어쩌면 그는 자신이 끝내 버리지 못한 것들에 대해서, 그러니까 산 아
래에 두고 온 많은 것에 대해서 결별을 고하고 싶었는지도 몰랐다. 그러
나 때는 이미 늦었다. 그가 배반한 신체는 기어이 그를 배반했다.

　병실 창밖으로, 그리고 수술 후 이사 간 아파트 1층 창밖으로 계절은
빠르게 지나갔다(그의 아내는 움직이기 힘든 그를 위해 일부러 1층 전세
를 골랐다). 아침에 눈을 뜨면 무시무종이라는 말을 가만히 혀에 올렸
다. 시간의 문제였다. 그리고 시간이 그토록 가깝다고 느낀 적은 한 번
도 없었다.

　티베트와 히말라야에서는 집집마다 주렴이나 발처럼 긴 천을 내걸었
지. 거기 그려진 기하학적 문양을 뺄베우라고 했지. 분별의 눈[眼]은 그
앞에서 당혹감을 감추지 못하지. 시작이 없다는 걸 한 번도 생각해본 적
이 없었기 때문이지. 그럼 끝도 없단 말인가. 그래, 나는 내가 언제 어디
에 있는지 몰랐지. 다만 한 가지는 확실해서, 나는 늘 '지금' '여기'에는
없었지. 나는 막연한 어떤 때 막연한 하노이에 있었고, 막연한 어떤 때
막연한 라싸에 있었고, 막연한 어떤 때 막연한 타클라마칸에 있었고, 다
시 막연한 어떤 때 막연한 남체로 고향인 듯 돌아갔지.

(오오, 괄호 안의 시간들이여!)

남체에서, 그는 지난 몇 차례와는 다른 길을 택했다. 사나사로 가는 길로 접어든다. 오른쪽으로 히말라야 설봉들 탐세르쿠와 아마다블람이 보이기 시작한다. 아, 나의 아마다블람. 그는 다만 행복에 겨울 뿐, 그것이 눈앞에서 곧 사라졌던 때를 기억하지 못한다. 기억은 늘 그를 배반한다.

그는 더이상 오를 수 없다는 걸 깨달았다. 정상 같은 건 처음부터 있지도 않았다. 그는 산을 내려가는 법을 배워야 했다.

모든 건 탄생하는 때가 죽는 때라고 말한 게 헤겔이던가.

그는 죽는 때가 탄생하는 때라고 입속으로 중얼거렸다. 누워 있는 상태로 계절이 몇 번 바뀌었다. 그동안 〈줄라이 모닝〉을 한 스무 번 들었고, 〈노벰버 레인〉을 열 번쯤 들었으며, 누워 있는 자를 위한 음악, 딥 퍼플의 〈에이프릴〉은 시도 때도 없이 들었다.

다시 차를 몰 수 있을 만큼 몸이 회복되어 그는 집에 왔다. 집에는 늘 엄마가 있다. 실은, 엄마가 있는 곳이 집이다. 그를 바라보는 엄마의 눈가에 이슬이 비쳤다. 누가 전했을까. 아무리 쉬쉬했어도 엄마는 장남이 아프다는 걸 진작 알았으리라. 엄마의 아픈 몸이 그걸 말하고 있었다. 엄마는 여든다섯이 되도록 당신의 마음을 표현하는 말을 몰랐다. 당신이 그의 엄마가 되었을 때부터.

엄마가 신화의 세계로 사라진 지금도 엄마는 집에 있다. 까막눈인 엄마가 세운 불립문자의 집. '현비유인 파평 윤씨' 지방 대신 사진을 걸었다. 그 앞에서 그는 운다. 이렇게 쓰면서, 운다. 흘러내리는 눈물을 닦지 않는다.

어느 때부터 화성은 아름다운 숲의 모습을 조금씩 보여주기 시작했다. 어쩌다 수원에 오면 그는 아직 어린 아들의 손을 잡고 팔달산에 올랐고, 아직 젊은 아내와 함께 부러 화홍문을 찾았다. 성/벽의 하얀 회칠도 차츰 시간의 더께를 입어 그런대로 볼만은 했고, 전에 없던 조명은 봄밤의 풍취를 보태주었다. 여름밤에는 화홍문 가설무대에서 국제연극제가 열린다는 소식을 접했지만, 아쉽게도 기회를 만들지 못했다. 그동안 그는 나라밖에도 심심찮게 나가곤 했는데, 언제부턴가는 자신이 유네스코 세계문화유산의 도시 출신임을 은근히 자랑하고 있다는 사실을 깨달았다. 시간이 훌쩍 또 흘러, 이제 더이상 운전을 못하게 된 (그래서 난생처음 갑자기 '걷기'를 시작한) 아버지를 모시고 동문인 창룡문에 가서는, 당신 생전에 백번도 더 봤을 그 뻔한 풍경에도 마치 난생처음 들른 사람처럼 감탄하는 모습에 더럭 눈시울이 뜨거워지기도 했다. 이렇게 쓰는 순간, 그는 문득 돌아가신 엄마를 생각한다. 엄마는 평생 한 번이라도 화성을 '풍경'으로 여긴 적이 있을까. 그는 단호히 고개부터 젓는다.

일본의 인문학자 가라타니 고진의 말마따나, 풍경은 내면을 발견한 자, 즉 근대적 자아의 산물이다*. 고진은 풍경이 바깥세상에 관심이 있는 인간에 의해서가 아니라, 오히려 타자에 대해 냉담한 인간, 즉 바깥세상에 등을 돌리는 이른바 '내면적 인간'에 의해 발견되었다, 고 썼다.

그는 생각한다.

---

* 가라타니 고진, 『일본근대문학의 기원』, 박유하 옮김, 민음사, 1997.

팔달산 초입. 오른쪽에 그의 어린 시절이 있다.

엄마에게는 원근법이라는 게 아예 없었다. 가족이 당신의 살이고 뼈였다. 당신은 어디 있나. 어디나 있었지만 아무 데도 없었다. 당신은 보이지 않았다. 그런 엄마에게 따로 당신의 생을 사시라고 말하는 건 아무 의미가 없었다. 엄마는 당신의 살과 뼈를 이 세상에 남겨놓고 다음 세상으로 갔다.

엄마와 달리 철저히 근대의 구성물인 그는 화성의 풍경을 한눈에 담기 위해 (그리하여 풍경을 재구성하고 지배하기 위해) 팔달산에 오른다. 팔달산은 수원 시내 한복판에 있는 산이다. 서울로 치면 남산 같은 산이겠다. 수원 사람들은 사통팔달의 팔달산을 차분하고 예쁘게 부르지 못했다. 그 산은 늘 조금은 경망스럽게 '팔딱산'이었다. 물론 그는 평생 한 번도 그 산이 팔딱거리는 모습을 본 적은 없다.

산길을 오르자마자 오른쪽으로 그의 어린 시절이 있다. 이제는 한 학년에 고작 한 반씩만 있다지만, 그래도 없어지지 않은 게 어딘가. '친환경 아토피 특성화 학교'라는 조금은 슬픈 타이틀이 생존의 비책이었다.

기록으로
기억을
반성하노니

함께 산을 오르는 여자 동창은 그 시절이 손에 잡힐 듯 생생하다는데, 그는 그저 몽롱한 안개 속을 허적거릴 뿐이다.

이렇게 말할 수 있겠다.

그는 주변의 많은 동료 작가가 치를 떨며 빠져나왔다는 유년의 결핍 같은 것이 자기하고는 크게 상관없었다, 고 생각한다. 훗날 소설가가 되는 소년에게 그건 오히려 치명적이었다. 치명적인 결격 사유였다. 그는 등단하고 나서야 그 사실을 깨달았다. 제딴은 그건 유년기의 결핍이 없다는 데서 비롯된, 굳이 이름을 붙여 '행복한 유년 콤플렉스'라고 할 만큼 심각했다. 집안 형편 때문에 학교도 한 해 꿇은 채 저보다 어린 동생을 포대기에 들처업은 전성태가 동네 아줌마들을 찾아다니며 "젖 좀 줘요" 하고 말했을 때 그런 소리가 어떻게 목구멍을 빠져나오는지, 한 번도 겪어보지 못했으니 앞으로도 영영 알 수 없을 것이다. 전라남도 고흥

출신의 그 소설가 후배뿐만 아니라 강원도 삼척 출신의 동료 문학평론가까지 그렇다. 그는 기성회비를 못 내서 학교에서 쫓겨난 어린 김명인이 비는 오는데 차마 하늘은 처다보지 못하고 운동화 코만 바라보며 걷던, 그 어린 심장에 차오르던 배반감의 정체를 알 턱이 없다. 결핍의 압권은 전라남도 곡성 출신 소설가 공선옥의 유년이다. 공선옥은 그를 오빠 오빠 하고 부르는 사이인데, 삶의 연륜으로만 따지자면 그는 그 동생의 발가락 끝에도 따라가지 못한다. 무엇보다 그녀가 겪어야 했던 가난 때문이다. 그가 보기에 그건 결핍을 넘어선, 차라리 악몽이나 폐허라고 해야 할 정도로 끔찍한 수준이었다. 그런데도 훗날 소설가가 된 공선옥은 뻔뻔하게도(?) 그 시절을 '행복한 만찬'이라고 회상했다.

하지만 같은 하늘 아래 그는 달랐다. 돈은 그가 없었지, 엄마의 돈궤에는 지폐가 그득했다(언젠가 그는 그 속에 고사리손을 넣어 집히는 대로 한 주먹 지폐를 꺼냈다. 물론 엄마 몰래. 그 돈으로 바람을 넣어주면 주름진 배가 볼록볼록 움직이는 신기한 장난감 말을 열 마리쯤 샀다. 물론 그의 거사는 들통났고, 그 벌로 그는 캄캄한 광에 갇혀야 했다). 그만 그런 게 아니었다. 1960년대 중후반 수원시 구천동 골목의 동무들은 사는 형편이 엇비슷했다. 그들의 부모들도 대개 영동시장이나 남문을 끼고 근처 어디에서 장사를 하고 있었다. 그의 집하고 대문을 마주한 상학이네는 남문에서 양화점을 했고, 그의 옆집 인수네는 잡화점을 했다. 나중에 이사를 온 철이네 아버지는 경찰서장이라고 했던 것 같다. 학교 친구들도 엇비슷했다. 시내에서 세탁소, 양복점, 양장점, 양품점, 수선집, 문방구, 가방가게, 포목점, 중국집, 금은방, 갈빗집, 양키상점 따위를 운영하는 상인의 아들딸들이 같은 학교에 다녔고, 그밖에도 의사, 약사, 공무원, 경찰, 법원 서기, 은행원, 교사와 같은 전문직이 직업인 부모도 적지 않았을 것이다. 2남 3녀, 그의 5남매가 쪼르르 다닌 초등학교는 팔달산 자락에 터를 잡은 만큼 수원에서는 그래도 먹고산다는 집 자식들이 다니는 학교였다. 어린 그는 오만했다. 직선거리로 5백 미터 정도밖에 떨어지지 않았고, 역사도 몇 배나 긴 신풍학교만 해도 시내 한복판에서 벌써 한 발짝 떨어졌다고 여겼다. 그런 판이니 매산, 세류, 영화, 연무, 고색 같은 학교는 숫제 촌 학교 취급을 하려고 들었다. 말 그대로 낫 놓고 기역자도 못 쓰던 엄마가 악착같이 영동시장 양키시장 '사모님'들을 쫓아다닌 것도 그 때문이었다. 어린 그도 이미 알고 있었다. 중심과 주변이 한 시소에 올라타면 어느 쪽이 올라가고 어느 쪽이 기우는지.

물론 그의 학교라고 모든 학생이 다 부잣집일까. 도시락을 못 싸오는 학생들을 위해 급식을 하는 건 예외가 아니었다. 급식 얘기가 나왔으니 말이지, 그는 이제 생애 최초의 부끄러운 순간을 고백해야 한다. 반 편성을 하고 짝을 정했는데 하필이면 순자가 짝이 되었다. 순자는 키가 땅딸막하고 눈도 단춧구멍처럼 작았다. 시력도 나쁜지, 땅속에만 있다가 햇볕 아래 나온 두더지처럼 늘 양미간을 찌푸렸다. 당연히 못생겼고, 심지어 공부도 반에서 꼴찌였다. 그는 반에서 늘 일등을 도맡아 했으니, 어쩌면 담임 선생님이 일부러 그렇게 짝을 정해준 것인지도 몰랐다. 아무튼 싫었다.

그는 책상을 반으로 정확히 갈라 금을 그은 다음 말했다.

"여기, 넘어오지 마."

　순자는 말도 어눌했고, 제 생각을 똑 부러지게 표현할 줄도 몰랐다.

　그런 순자가 점심을 어떻게 먹는지 마는지, 그는 관심도 없었다. 식모 할머니가 싸준 도시락에 든 달걀프라이를 한 번도 나눠먹은 기억이 없었다. 실은, 점심시간마다 순자가 어디로 사라진다는 사실조차 몰랐다. 학급마다 당번이 노란 옥수수빵을 받아와 점심을 안 싸온 학생들에게 나눠줬는데, 순자가 자리를 지키고 있다가 빵을 받아먹은 것 같지는 않다. 어느 날 그는 선생님의 심부름으로 급식 빵을 더 타오기 위해 숙직실 부엌을 찾아갔다. 원래 어두컴컴한 곳이었는데, 마침 옥수수빵을 찌는 구수한 냄새와 함께 하얗게 피어오른 김이 한겨울 목욕탕에 들어간 듯 자욱했다. 지금 생각하면 벌받을 소리지만, 그때 그는 뭔가 좀 억울하다고 생각했다. 이렇게 맛있는 빵을 준다니, 차라리 가난한 집 애들이 낫네. (맙소사!) 그런데 그는 하얀 김 속에서 순자를 발견했다. 순자는 어떤 예쁜 소사(사환) 누나가 주는 옥수수빵을 한입 베어 물던 참이었다. 그 애와 눈이 마주치는 대신, 그 누나와 눈이 마주쳤다. 순간, 누나의 얼굴이 빨갛게 달아올랐는데, 아마 몰래 빵을 순자에게 준 사실을 들켜서였을까. 그는 곧 그 키 크고 예쁜 누나가 한쪽 눈에 까만 안대를 했다는 사실을 발견했다. 충격이었다. 어린 그의 눈에도 그건 그저 눈병이 나서 잠시 쓴 게 아니었다. 애꾸눈이었다! 잠시 후 그 누나가 자기가 바로 순자의 언니라는 사실을 밝히면서, 너를 안다, 우리 순자를 잘 부탁한다고 말했다. 그는 애꾸눈도 도무지 믿을 수 없는 차에 그 말도 믿을 수 없었다. 그런 일은 있을 수 없다고, 아니, 그래서는 안 된다고, 말하자면 어떻게 저처럼 예쁜 누나한테 순자 같은 동생이 있을 수 있는지, 쉽게 납득할 수 없었다. (맙소사!) 그가 만일 유년에 어떤 상실감을 경험했다면, 아마 그 순간을 빼놓을 수 없으리라. 그제야 부뚜막 앞에 허수아비처럼 서 있던 순자가 새삼 그의 눈에 들어왔다.

초등학교를 함께 다닌 몇몇 동창들에게 그 얘기를 들려줬지만, 아무도 그 누나를 기억하지 못했다. 똑같은 시공을 헤쳐왔어도, 어찌 이토록 기억이 다를 수 있는지, 그는 자신의 이 기록에 점점 자신을 잃는다. 어쨌든 부끄러운 고백을 마무리해야 한다. 가을운동회 때, 그의 학년은 매스게임을 했다. 그는 순자와 손을 잡는 게 싫었다. 그래서 솔가지인지 성냥개비인지를 살짝 쥐고 다른 한쪽을 내밀었다. 순자는 군말 없이 그 끝을 쥐었다. (맙소사!) 아아, 그는 자신이 한 모든 말과 행위들이 어린 순자에게 얼마나 큰 상처가 될지 짐작도 못했단 말인가.

"기록은 기억을 지배한다."

그는 겨우 쓴다.

어느 카메라 회사의 탁월한 광고 카피에 기대, 기억이여, 여기 이렇게 기록하고 용서를 빌 따름이라고.

수원 남창초등학교. 아직 거기 있어주어 고맙다.

팔달산
꽃멀미

새삼 화성 일주를 시작하면서, 그는 유홍준 교수의 저 유명한 격언을
반만 믿자고 다짐했다.

"아는 만큼 보인다."

"전 국토가 박물관"이라는 말과 더불어, 이제는 이 땅을 함께 살아가
는 누구든 그 말의 위용을 쉽게 부정할 수 없게 되었다. 그 역시 언제부
턴가 가령 어디 절이라도 들르면, 마치 문화유산을 감별하러 나온 학예
사라도 되는 양 처마와 단청, 기둥과 문살 따위부터 따져보기 시작했다.
사찰의 일반적인 구성을 소개하는 책자를 구입한 것이라든지, 궁궐의
나무만 모아 소개한 책을 펴낸 어느 출판사의 발상에 감탄한 것도 새로
생긴 그런 풍습과 무관하지 않았다. 하지만 때로는 『나의 문화유산 답사
기』와는 다르게, 즉 "아는 만큼"이 아니라 "느낀 만큼" 보인다고 말하고
싶은 적도 없지 않았다. 이번 기회가 꼭 그러했다. 시사市史를 쓰거나 관

광 안내서를 만드는 게 그의 역할은 아니었다. 그에게 필요한 데이터는 주로 그의 기억이었다. 그리고 처음 이 글을 쓰기 시작할 때만 해도 기억은 차고 넘칠 거라고 생각했다. 그는 그 차고 넘치는 기억의 물꼬를 적절히 조절해나가기만 하면 될 거라고 자신했다.

그러나 팔달산을 오르자마자 그는 곧 후회했다. 제법 가파른 계단을 천천히 올라 산중턱 난파 노래비 앞에 섰을 때, 첫 단추부터 잘못 끼웠다는 느낌이 들었다. 그는 얼른 수원시에서 만든 안내 지도를 펼쳐서 확인했다. 남치! 예전에 고전음악 감상실이 있던 자리에 들어선 관광안내소를 지나면 제일 먼저 나오는 게 바로 그 남치였다. 하지만 남치가 무엇인지 모르는 눈에 그것이 들어올 리 없었다. 그는 적어도 난파 노래비까지 올라간 다음에야, 거기서 한번 천천히 숨을 고른 뒤 수원 시내를 내려다본 다음에야 비로소 화성 성곽 일주가 본격적으로 시작된다고 소개할 참이었다. 하지만 첫 단추를 잘못 끼우고서는 그 일주라는 것도 기분이 영 찜찜할 터였다. 다행히 새롭게 펴낸 스무 권짜리 『수원시사』를 어렵사리 구해 밤마다 베고 잔 보람이 있었다. 그는 남치를 놓친 자기 같은 어설픈 도보 여행자를 위해 성 곳곳에 다른 치들이 더 기다리고 있다는 사실을 기억해냈다.

치雉는 꿩을 말하는데, 건축 용어로는 꿩처럼 몸을 숨긴 채 적의 동태를 살필 수 있게 성곽 바깥에 凸자 형태로 약간 돌출시켜 만든 구조물을 가리킨다. 화성에도 문과 문 사이에 적당한 간격으로 치를 배치했다.

그는 『나의 문화유산 답사기』에 의문의 일패를 당한 느낌이지만, 뭐 크게 아플 까닭은 없었다.

노래비 앞에서 그의 발길은 늘 주춤했다. 난파 홍영후가 우리 근대음악의 선구자로서 높이 기려지면 질수록 그의 친일 이력 또한 부각될 수밖에 없기 때문이었다. 한때 항일운동에도 가담했으며, 우리의 자연과 민족 정서를 누구보다도 잘 표현했던 작곡가가 1930년대 종반부터는 전혀 다른 길을 걷는다. 춘원이나 육당, 혹은 「시일야방성대곡」의 장지연이 이미 보여준 바 있는 치욕의 길이었다. 1937년 이광수와 함께 수양동우회 사건으로 옥고를 치르고 나온 난파는 국민총력조선연맹의 문화위원으로 활동하며 본격적인 친일 행적을 시작한다. 1939년에는 경성방송관현악단을 이끌며 〈애국행진곡〉을 지휘하는데, 이때 '애국'의 대상은 〈봉선화〉 〈고향의 봄〉 〈고향 생각〉 〈성불사의 밤〉 〈금강에 살으리랏다〉 〈봄처녀〉 〈옛 동산에 올라〉 〈오빠 생각〉 등 주옥같은 가곡들을 탄생시킨 그 나라가 아니었다. 온 천하가 한 집안이라는 이른바 '팔굉일우'의 기치를 내세워 아시아 침략전쟁을 합리화한 바로 그 천황의 제국이었다. 난파는 〈애국행진곡〉 말고도 〈정의의 개가〉 〈태평양행진곡〉 〈황국정신을 되새기며〉 〈출정병사를 보내는 노래〉 등 여러 편의 친일작품을 쏟아냈다. 2009년, 결국 이 불세출의 작곡가는 『친일인명사전』에 등재되기에 이른다.

난파 노래비 또한 수난을 겪었다. 한쪽에서는 완전 철거를 주장하고, 다른 한쪽에서는 그렇게까지 할 것은 없지 않느냐고 말한다. 그로서는 이왕 서 있는 노래비라면 있는 사실들을 정확하게 밝혀주는 것도 한 대안이겠거니 생각한다.

팔달산은 뭐 서둘러 오르고 말고 할 필요가 없는 산이다. 쉬엄쉬엄 걷다 말다 해도 어느새 머리 위로 빼주룩이 하늘이 드러나게 마련일 터.

봄이라면 한번쯤 산중턱 노래비 좌우로 난 순환도로를 따라 걸어도 좋다. 화성 일주의 동선에서 살짝 벗어나는 그 길이 실은 팔달산의 벚꽃 명소이기 때문이다. 그는 도청 옆 중앙도서관을 드나들다가 뒤늦게 그 사실을 깨달았다. 도청에 딱히 볼 일이 없으니 그쪽 길을 찾을 일도 별로 없었는데, 알고 보니 그 도로가 꽤 그럴싸한 산책로였다. 마침 점심시간인지 도청을 빠져나온 공무원들이 막 벚꽃이 피기 시작한 길을 삼삼오오 걷고 있었다. 더러는 손에 테이크아웃 커피를 들고. 손으로 입을 가리고 웃어도 직원들의 웃음소리는 멀리서도 맑고 상쾌했다. 그때 그들의 머리 위로 벚꽃 잎들이 폴폴 날리는 광경을 떠올리는 건 아주 자연스러운 일이었다.

그리고 이제 더는 미룰 수 없었다.

날이 꾸물꾸물한 게 당장이라도 비를 뿌릴 것 같았다. 그는 마음이 급했다. 절정의 순간을 놓치면 다시 1년을 기다려야 하는 것이다. 마침 아들의 입학식 때문에 도쿄에 갔다가 말로만 듣던 일본의 벚꽃을 실컷 구경해서 더욱 싱숭생숭해졌는지 몰랐다.

돌아오니 마침 집 앞 광교저수지의 벚꽃도 절정의 화려함을 뽐내고 있었다. 그는 병원에서 퇴원한 뒤에도 문밖출입을 제대로 못한 아버지를 모시고 나가 밤 벚꽃놀이를 했다. 벚꽃이 팝콘처럼 툭툭 터지자, 긴 겨울 탄핵 정국에 지친 사람들도 모처럼 여유를 되찾은 것 같았다. 이래

광교 저수지 벚꽃. 우리집 높은 베란다에서 찍은 한 컷이다. 미안하다, 더 화사하게 찍어주지 못해서.

저래 올해는 실컷 눈 호사를 누린다 싶었다. 하지만 밤새 날씨가 돌변했다. 그는 서둘러 집을 빠져나와야 했다. 그러면서 제발 자기가 갈 때까지 벚꽃 잎들이 붙어 있어 주기를 빌었다.

도서관에 책을 반납하고 나오자, 기어이 가는 빗줄기가 뿌리기 시작했다. 그러나 벚꽃에 관한 한 올해 그는 운이 좋은 편이었다. 길가에 세워둔 차들의 지붕 위로 꽃잎이 포르르 떨어졌다. 차가 다닐 수 없게 막아놓은 건너편 산길은 벌써 분홍으로 물들기 시작했다. 벚꽃 가로수 아래 빈 의자에도 촉촉이 젖은 꽃잎들이 살포시 내려앉았다. 걸음을 옮길수록 분홍이 짙어졌다. 길섶에 꾸며놓은 간이 체육시설 밑으로는 붉은 복사꽃이 불쑥 고개를 내밀었다. 진초록 잎사귀들이 제비 꼬리처럼 솟아나 꽃은 더욱 요염했다. 그는 심장이 쿵쿵 뛰었다. 잘생긴 몇 그루 소나무들 사이가 벌어지더니 언뜻 팔달문의 지붕과 누각이 보였다. 그중 가장 멀리 뻗어올라간 가지 하나를 렌즈에 담은 채 셔터를 눌렀다.

그의 행운은 딱 거기까지였다.

팔달문 뒤로 불쑥 솟은 첨탑이 눈을 가렸다. 거대한 교회 건물이었다. 소실점도 따질 수 없을 만큼 웅장했다. 그러나 그에게 당장 필요한 것은 성聚이 아니라 성城이었다. 그는 몇 번이고 자리를 옮기고 카메라 각도를 조절해야 했다. 그러고도 결국 세로로 사진을 찍을 수밖에 없었다. 팔달산에 올라 시내를 내려다볼 때마다 송곳처럼 눈을 찌르던 교회 건물이었다. 그때마다 가슴속에서는 종교의 자유와 시민의 권리가 충돌했다. 시민의 조망권 같은 건 맥을 못 추었다. 그는 입술을 (많이는 아니고 삐쭉 한번) 내밀고, 그저 법과 규정에 따라 건축허가를 내주었을 공무원을 (많이는 아니고 슬쩍 한번) 탓할 수밖에 없었다. 그가 살던 동네 근처였지만, 그의 기억 속 어디에도 그렇게 웅장한 교회 건물은 없었다. 교회 홈페이지를 찾아보았다. 스스로 '성장하며 선교하는 교회'라고 했다. 1953년에 창립한 교회라니 그보다 더 오래 그 자리를 지켰을 텐데, 성장 속도는 그보다 훨씬 빨랐던 모양이다. 청년 시절부터 "존재가 의식을 규정한다"고 믿어온 주제에, 하고 싶은 말을 어찌 다 하랴. 교회 소개 화면 속에서는 청소년들의 미소가 더없이 싱그러웠다.

벚꽃은 성 안쪽 길을 따라서도 여전히 화사했다.

물오른 노래 따라

화전 두른 성곽 따라*

시인이 있어, 그걸 꽃멀미라 했다.

옳다, 달리 무어라 부르랴. 내년에는 더 어질어질한 꽃멀미에 취할 수 있기를……

그는 이제 노래비 위로 산길을 오른다.

돌로 쌓은 성벽 위에 얹힌 낮은 담이 깨끗하다. 시간이 채 흔적을 남길 '시간'이 없었기 때문이다. 그 낮은 담을 여장女墻 혹은 타垜, 우리말로는 성가퀴라고 한다. 화성에서는 벽돌로 쌓은 하나의 성가퀴에 세 개의 총

---

* 정수자, 「꽃멀미」 부분, 『비의 후문』, 시인동네, 2016.

팔달산 중턱의 꽃멀미.

구멍을 냈는데, 가운데는 가까운 곳으로 오는 적을 쏘는 근총안, 양쪽의 두 개는 먼 데서 오는 적을 쏘는 원총안이다.

노래비 위로 곧 나타나는 남포루는 남치와 마찬가지 형태이지만 크기가 좀더 큰 치성이다. 포루砲樓는 말 그대로 포를 쏘도록 만든 누각이다. 대개 문을 잠가놓아서 안을 들여다 볼 수는 없다.

남포루 위로 금세 또 하나의 누각이 눈에 들어오는데, 화성의 서남쪽에 있다 하여 서남암문이라 한다. 암문暗門은 화성의 독특한 구조물 중 하나로서, 밖에서는 잘 보이지 않도록 은밀하게 만든 문이다. 그렇다면 서남암문은 어딘가 이상하다. 누각은 암문의 목적에 전혀 걸맞지 않게 당당하다. 그 문을 통과하면 양쪽으로 제법 높은 담을 쌓은 길이 나오는데, 마치 소풍을 오라는 듯 여유롭다. 그런 형식의 길을 일러 용도甬道라 한다. 용도 끝에는 또다른 정자 화양루가 나타난다. 단아하고 품위가 있다. 적을 방어하기 위한 축성의 가장 기본적인 목적에 무언가 중대한 오류가 있나 싶을 정도. 처음 다산 정약용이 그렸던 도면은 전혀 달랐다고 한다. 그러던 것이 팔달산의 지형을 고려해야 한다는 현장의 의견을 적극 받아들여 현재의 모습을 갖추게 되었다고.

암문다운 암문을 보려면 일단 성을 빠져나가야 한다. 서삼치를 지나면 서장대 못 미쳐 밖으로 나가는 통로가 있다. 원래는 없던 것인데, 성을 복원할 때 통행의 편의를 위해 터놓은 길이다. 화장실과 관광안내소가 눈에 들어온다. 갑자기 발길을 멈춘다. 수원은 화장실도 좋고 화장실 인심도 좋기로 유명한데, 세계 최초로 '똥 박물관'을 세운 '미스터 토일렛' 전임 시장의 각별한 관심과 애정 때문이다*, 라고 말하려고 했다. 아

암문暗門. 밖에서는 잘 보이지 않게 만든 화성의 독특한 구조물.

팔달산 꽃멀미

차, 그는 자신이 어느새 자격증도 없이 관광안내원이나 문화유산 해설사 흉내를 내고 있다는 사실을 깨달았다.

---

* 심재덕 시장. 자신의 집터에 세계 최초로 화장실박물관(장안구 이목동, 해우재)을 세워 기증했고, 수원은 물론 우리나라의 화장실 문화를 개선하는 데 큰 공력을 기울였다.

폐허,
성의
또다른 이름

성벽에 바짝 붙어 나 있는 호젓한 산길을 따라 걷는다. 성 안쪽을 걸을 때와는 전혀 다른 느낌이다. 여기서는 성이 곧 벽이다. 더 정확히는 담장이며, 또한 큰 울타리라는 게 확연하다. 그는 문득 카프카가 만일 한국에 살았더라면 다른 작품은 몰라도 결코 『성』만큼은 쓰지 못했을 거라는 생각이 들었다. 왜냐하면 이 땅 어디에서도 저멀리 고딕체 글씨처럼 우뚝 솟은 성을 발견할 수는 없었을 테니까.

작가는 측량기사(라고 주장하는) K가 찾아온 성을 이렇게 묘사한다.

K가 도착한 것은 늦은 저녁이었다. 마을은 깊은 눈에 덮여 있었다. 성이 있는 산은 안개와 어둠에 싸인 채 아무것도 보이지 않았으며, 큰 성인데도 희미한 불빛조차 새나오지 않았다. 오랫동안 K는 국도에서 마을로 통하는 나무다리 위에 서서 텅 빈 듯한 허공을 올려다보고 있었다. *

유럽의 성은 올려다보는 성이다. 권위는 그 높이로 결정된다. 〈반지의 제왕〉이나 〈해리 포터〉나 다른 많은 영화나 애니메이션에서도 성은 하늘을 찌를 듯 높고 웅장하다. 북유럽 신화의 주신 오딘의 발할라는 또 어떠한가. 그 성은 신들의 세계 아스가르드에서 가장 아름다운 궁전으로, 흔들리는 무지개다리 비프로스트 건너에 솟아 있다. 무려 540개의 문이 있고, 그 문마다 한꺼번에 8백 명의 용사가 어깨를 걸고 나란히 드나들 수 있다니 그 규모를 짐작하리라. 일본의 성이 또한 그러하다. 도쿠가와 가문의 오사카성은 원래 도요토미 가문의 성이 있던 자리에 새로 지은 것인데, 예전에 비해 성곽은 4분의 1로 줄어들었다. 대신 도요토미성의 터를 완전히 허물고 흙을 높이 돋우어 그 위에 높은 석벽을 쌓고 성을 올렸다. 성의 상징이랄 수 있는 텐슈천수, 天守의 외형은 5층 5계로 동일하지만, 전반적으로 훨씬 더 높고 웅장한 위세가 강조되었다. 물론 유럽이나 일본의 경우에도 성을 둘러싼 외성 혹은 성곽이 없는 것이 아니지만, 봉건 영주가 거주하며 아기牙旗를 내건 성을 아성牙城이라 하여 별도로 특히 우뚝하게 쌓아올리는 게 특징이었다. 말하자면 성안의 성이요, 일종의 요새화된 망루 혹은 탑이었다.

반면 조선의 성은 높이가 아니라 둘레와 길이로 권위를 주장한다. 길게 둘러친 성곽이되 외곽이다. 그렇다고 안에 내곽으로 둘러친, 딴 무엇인가 높고 웅장한 건물이 눈을 찌르는 형태는 역사에 전하지 않는다. 그래서 읍성이고 도성이지, 이실두르의 미나스 티라스나 사루만의 오르상

* 카프카, 『성, 심판』, 염무웅 옮김, 정음사, 1980, 15쪽.

크는 아니고, 도요토미나 도쿠가와의 천수각도 아니다. 해자도 거의 없다. 사실, 뭐 그렇게 요란한 시설로 지킬 것도 많지 않았으리라.

유럽(일본)과 조선의 성이 가장 잘 대비되는 것은 잘 서 있을 때가 아니라 무너졌을 때이다. 예컨대 우리의 성은 '우뚝 솟은 성채'가 아니라 흔히 '무너진 성터'였다. 그때 성은 당연히 권위가 아니라 상실을 또다른 기의로 갖는다.

산턱 원두막은 뷔였나 불빛이 외롭다
헝겊심지에 아즈까리 기름의 쪼는 소리가 들리는 듯하다

잠자리 조을든 문허진 성터
반딧불이 난다 파란 혼들 같다
어데서 말 있는 듯이 크다란 산새 한 마리 어두운 골짜기로 난다

헐리다 남은 성문이
한울같이 훤하다
날이 밝으면 또 메기수염의 늙은이가 청배를 팔러 올 것이다*

여기 어디에 무소불위의 권력 같은 게 있는가. 호롱불 심지가 까물거리고, 잠자리가 졸며 날고, 어쩌다 메기수염을 한 늙은이가 청배를

---

* 백석, 「정주성」, 『정본 백석 시집』, 고형진 편, 문학동네, 2007, 17쪽.

팔려 올 뿐, 성은 차라리 무너지고 폐허가 되기 위해 존재했던 게 아닌 가 싶다. 시인 오장환의 성도 한때 적을 막기 위해 "뜨거운 물 끼얹고 고춧가루 뿌리던" 적이 있지만, "인제는 이끼와 등넝쿨이 서로 엉키어 면도 않은 터거리처럼 지저분"(「성벽」)할 따름이다. "성은 허물어져 빈 터인데 월색만 고요"한, 말 그대로 '황성 옛터'인 것이다. 그래도 그는 남한산성을 빠져나와 삼전도에서 무릎 꿇고 세 번 절하고 아홉 번 머 리를 조아린 왕을 차마 연상하고 싶지는 않았다. 곤룡포 대신 하급관 리나 입는 남색 옷을 걸친 채 정문이 아니라 서문으로 나선 왕. 인조는 다만 그들이 정한 법에 따라 몸이 묶이거나 관을 끄는 치욕만은 면할 수 있었다 하니, 그것으로 후손들에게 마지막 위안을 남겨줄 수는 있 었을까.

젊었으되 그 젊음을 송두리째 빼앗겼다고 생각하던 시절, 그는 벗들 과 함께 술을 마시다가도 몸과 마음이 힘들면 종종 성에 올랐다. 실은, 성을 오르는 게 아니라 폐허를 밟는 것이었다. 성가퀴는 다 허물어져 돌 과 벽돌 부스러기가 아무렇게나 굴러다니고, 그나마 성한 곳도 불쑥 솟 아난 풀들로 봉두난발이었다. 그와 벗들은 "술 마시고 노래하고 춤을 춰 봐도 가슴에는 하나 가득 슬픔뿐"이어서, 미처 날뛰었다. 어떤 날은 대 낮부터 술을 마시고 조금은 성한 어느 돌담에 올라가 떼잠을 잤다. 쉰 막 걸리 냄새, 독한 소주와 드라이진 냄새가 사방에 진동했다. 그러다가도 어느 순간 코끝에 풍기는 아카시아 향기에 그는 저도 모르게 주르륵 눈 물이 흘렀다. 애써 눈을 떠보면 벗들은 저마다 돌담 하나씩을 베고 여전히 코를 골고 있었는데, 문득 산 아래 세상은 그들을 거기 놔둔 채 어디 멀리 사라지는 것만 같았다. 이윽고 땅거미가 지고, 누군가는 슬쩍 일어나 간다는 말도 없이 산길을 내려가고, 또 누구는 나지막이 갓 배운 샹송이나 팝송을 흥얼거렸을 것이다. 한 벗이 불쑥 다가온 어둠에 대고 따지듯 크게 외쳤다. 이제, 좆도, 더이상, 좆도, 여기 오지 말자! 그들은 그 말이 무슨 뜻인지 모르지 않았지만, 누구도 선뜻 대답할 수 없었다. 그 시절, 밤은 꼭 계엄군처럼 찾아왔다. 그는 벗들의 손길마저 뿌리친 채 다시 산길을 올랐다. 그의 몸은 온통 분노였다. 어디라도 쿡 찌르면 빵 하고 터져버릴 활화산이었다. 여자도 친구도 다 소용없다고 그래. 사랑? 거, 한 근에 얼마야. 좆도, 좆도라고 해! 그는 굳이 어디론가 끌려갔다는 친구의 형—그 형은 수원농고를 나와 서울농대를 다녔는데, 그가 대학에 들어가기 전 해 서둔동 농대에서 자살한 열사의 친구라고 했다—을 생각한 건 아니었다. 설사 생각을 했대도 말을 할 수는 없었다. 서슬 퍼런 유신은 도처에 있었고 아무 때나 있었다. 새도 듣고 쥐도 들었다. 새벽도 보고 한밤도 보았다. 그러거나 말거나, 어느 순간 그는 외마디 고함을 내지르며 발에 걸리는 벽돌 기왓장을 냅다 걷어찼을 테고, 십수년 똑같은 체모의 국가원수를 향한 게 분명할 쌍욕을 한바탕 내질렀고, 몇 걸음 더 걷다가는 기어이 또 속엣것을 다 게워내고 말았으리라.

그게 그의 성이었다.

무너진 성.

아나, 잘코사니, 잘 무너진 성!

(이제 와 그는 어떻든 문화유산을 훼손한 잘못만큼은 반성한다.)

폐허, 성의 또다른 이름

서장대. 여기서 군사를 지휘했다.

서장대

또다른 치와 포루鋪樓*를 지나 발길은 곧 서암문에 이른다. 흙을 다져 만든 계단을 잠시 내려갈 일이다. 몇 발짝 내려서서 성벽을 올려다보면 암문이 어째서 그런 이름을 갖게 되었는지 분명히 알게 될 것이다. 이제 껏 보아왔던 성벽은 돌로 쌓았지만, 이 암문은 벽돌로 쌓은 점이 특징이 다. 산 아래서 올려다보면 딱히 두드러져 보이지는 않는다. 산그늘이 많 은 것을 가려주기 때문인데, 정작 가까이 다가가도 어디로 들어가는지 입구가 보이지 않는다. 문이 옆으로 틀어져 있기 때문이다.

암문을 통해 다시 안으로 들어가면 곧 화성 일주의 또다른 정점, 서장 대가 나타난다. 거기서는 수원 시내를 한눈에 담을 수 있다. 가까이는 화 성 행궁의 전경이 펼쳐지고, 어지럽게 솟은 건물들 사이로 성의 북문인

---

* 성가퀴를 앞으로 튀어나오게 쌓고 지붕을 덮은 부분. 치성에 있는 군사를 보호할 목적으로 지은 것이다. 포대를 설치하는 포루砲樓와 발음은 같지만 뜻이 다르다.

장안문을 찾으면 거기서 다시 화홍문과 방화수류정까지 줄을 잇는 것도 어렵지 않을 것이다.

그가 어렸을 때 서장대는 기단만 겨우 남은 폐허나 다름없었다. 어느 날 다시 가보니 거기 번쩍거리는 정자를 세워놓았다. 화가 났다. 그 선명한 채색이 마음에 들지 않았다. 그런 정자를 굳이 새로 세우지 않아도 얼마든지 시내를 둘러볼 수 있는데 싶기도 했다. 장대가 무슨 뜻인지 알 턱이 없던 시절이니 그런 반발도 가능했으리라.

이제 그는 거기서 자신이 직접 키운 장용영 군사를 호령하던 무인 정조를 만난다. 아는 만큼 보인다는 말이 새삼 묵직하게 울린다. 『화성성역의궤』와 『원행을묘정리의궤』에는 장수가 서장대에서 지휘하는 성조식城操式이 처음부터 끝까지 아주 자세하게 기록되어 있다. 기막힌 매뉴얼이다. 지금 그대로 옮겨 쓰면 얼마든지 훌륭한 다큐멘터리나 창작물을 만들 수 있을 것이다. 사실 수원에서는 이미 창룡문을 배경으로 〈야조〉라는 이름의 무예 공연을 선보이기도 했다. 1795년 윤2월 12일 서장대에서 정조가 직접 참관한 가운데 실시한 야간 훈련을 바탕으로 한 공연이었다. 문자 기록뿐만 아니라 그것을 그림으로 그린 〈서장대성조도〉와 〈득중정어사도〉까지 있으니 고증을 걱정할 필요는 없었으리라. 장안에 커다란 화제가 되었던 KBS 특별다큐멘터리 〈의궤, 8일간의 축제〉도 두 종의 의궤가 없었다면 처음부터 불가능했을 도전이었다.

야간 훈련에는 매화포가 터졌다. 매화埋火, 즉 땅에 묻은 화약이 밤하늘에 치솟았다가 마치 매화꽃 일시에 떨어지듯 떨어진 모양이었다. 그걸 직접 두 눈으로 본 감동을 문인 이희평은 이렇게 적어 전한다.

용두각 오르서서 활을 쏘신 후 환궁하시고, 저녁에 매화꽃이 떨어지는 것 같은 매화포 불꽃놀이를 하시는데, 신기전이 일시에 하늘에 올라가니 몇천 몇백인지 하늘에 별이 떨어지는 것 같고 사면에 줄불이 왕래하여 이 불이 여러 군데로 가 불붙이니 불이 일어나고 다른 불이 여기에 와 불붙이니, 또 불이 일어나 불꽃 터지는 소리에 산악이 무너지는 듯 진동하니 그런 장관이 또다시 어디 있으리오. 군마들이 다 놀라 뛰어나가더라.*

그날, 수원의 그 밤하늘을, 다큐멘터리 〈의궤, 8일간의 축제〉가 화려한 컴퓨터그래픽으로 재현했다. 그는 새삼 기록문화의 중요성을 절감하고 또 감탄한다.

---

* 이희평, 『화성일기』. 수원시사 제17권 『수원화성』, 433쪽에서 재인용.

서장대

한참
있다 가도
화서문

　서장대에서 서문(화서문)까지 내려가는 길, 천천히 걷는 걸음이 주는 소소한 행복을 느끼다가도, 어느 순간 사진을 찍지 않으면 못 견디겠는 순간이 올 것이다. 그때, 망설일 필요가 없다. 카메라든 스마트폰이든 다 괜찮으니 마음껏 찍으시기를. 서북각루를 지나 서일치쯤에서 눈에 들어오는 공심돈과 화서문은 예부터 사진작가들이 가장 즐기던 화성의 소재 중 하나였다. 그처럼 재주 없이 굼뜬 손에게도 제법 그럴싸한 '작품'을 남겨준다. 사진을 찍다가도 잠깐 손을 멈추고 눈을 감으면 더 좋은 풍경을 만날 수 있다. 그때 어느덧 도시는 사라지고 푸른 논밭이 끝없이 펼쳐지리라. 대유평 혹은 대유둔이다. 정조는 그곳에 장용영 군사들을 위한 국영 농장인 둔전을 만들었다. 그때 저수지 흔적이 만석공원 안 호수로 남아 있다. 만석거萬石渠라는 한자 이름이나 흔히 조개정 방죽이라고 불렀던 이름은 더이상 어울리지 않는데, 한여름이면 연꽃이 장관이다(실

화서문과 공심돈. 그처럼 재주없이 굼뜬 손에게도 이 정도 그림을 남겨준다.

한참 있다 가도 화서문

공심돈. 정조가 신하들에게 말했다. "우리 동국 역사상 최초의 건물이다. 마음껏 구경해라." 그 자부심!

은, 장관이라는 말에 대여섯 번을 찾아갔지만, 그는 한 번도 그 '때'를 만나지 못했다. 언제고 만나리라).

선경도서관이 오른쪽으로 보이면 슬쩍 빠져나가 골목 두어 개쯤 걸어보는 것도 괜찮은 선택이다. 그런 골목을 걸으면 햇볕 좋은 날 꽃 그림자가 저절로 뒤를 따라올 것이다. 그도 종종 그렇게 빠져나간다. 그는 불현듯 어디 작은 군 단위 공공도서관의 관장으로 늙어가는 자신을 꿈꾸던 젊은 날이 그립다. 그런 도서관에서는 시간마저 느릿느릿 흘러갈 것이고, 아무도 찾지 않는 서고에서는 이따금 아예 뚝 시간이 멈출지도 모를 일이다. 햇볕 좋은 가을날에는 점심시간이 끝나도 한 10분쯤 늦게 들어가리라. 도서관 초입 골목에서 아이들과 함께 떨어진 은행잎을 주워야 하니까. 그렇게, 그렇게……

한참 있다 가도 화서문은 그 자리에 서 있다. 서문은 늘 그렇게 서 있어서 서문이다. 실은 화서문보다 공심돈이 더 유명하다. 공심돈은 안이 비어 있는 돈墩이라는 뜻인데, 돈 혹은 돈대는 성곽 주변을 감시하는 일종의 망루였다. 돈대는 남한산성이나 강화도에도 쌓은 바 있지만, 병사들이 높은 돈대를 오르내리는 일, 그것도 적의 눈에 띄지 않은 채 오르내리는 일은 생각만큼 쉽지 않았다고 한다. 공심돈은 안을 비우고 사다리나 계단을 설치해 그런 문제를 한꺼번에 해결할 수 있었다. 당시로서는 전례가 없었고, 지금까지도 우리나라 유일의 구조물이다. 화성에는 공심돈이 모두 셋이지만, 흔히 이곳 서북공심돈을 대표로 꼽아 그저 공심돈이라는 대명사로 고유명사를 대신한다. 설마 거기서 병사들이 숨어

적을 노려보고 불랑기*와 백자총**을 발사할 거라고는 쉽게 생각하지 못할 만큼 아름답다.

1797년 정월, 정조는 3정승 6판서를 비롯하여 수많은 신하를 거느리고 다시 화성을 찾았다. 그는 바로 이 공심돈 앞에서 신하들에게 말했다.

"우리 동국 역사상 최초의 건물이다. 마음껏 구경하라."

정조의 목소리에는 자부심과 애정이 그득했다. 그도 그럴 것이 처음 다산 정약용의 설계안에는 없던 것을 자신이 직접 대략적인 설계까지 내보이며 축성을 지휘했기 때문이다. 공심돈은 2011년 보물로 지정되었다.

공심돈 앞에서는 이제 다시 성밖으로 빠져나가 걷기를 권한다. 화성에서 가장 평탄한 지대로, 지금은 그곳에 장안공원이 조성되어 있다. 휴일이 아니라도 많은 시민이 나와 계절에 따라 바뀌는 화성을 즐긴다. 팔달산을 오르면서 일주를 시작했다면, 화성이 산성이 아니라 읍성이라고 하는 까닭을 비로소 확인하게 되는 구간이기도 하다. 이따금 지나가는 화성어차를 지켜보는 일도 좋은 구경이다. 성벽을 오른쪽으로 끼고 천천히 걷다보면 간이역처럼 곧 장안문이 나타날 것이다.

---

* 불랑기佛朗機 : 임진왜란 때 명나라 원군이 가져와 사용한 대포. 중국과 무역을 하던 아랍상인들이 서양을 '파랑기(Farangi=Frank)'라고 한 데서 유래한 말이다.
** 백자총百字銃 : 불씨를 손으로 점화해서 쏘는 총으로 총신에 일백 백百자를 새긴 데서 이름이 유래한다.

장안문에서 서울 쪽을 바라본다. 푸르른 논밭을 떠올리는 것도 불가능해졌다.

한참 있다 가도 화서문

정조의
한과 꿈,
기록으로 남다

이쯤에서 정조에 대해 말해야 한다.

1789년, 전대미문 혁명의 열기가 유럽 대륙을 휩쓸 무렵, 정조는 본격적으로 화성 축성 작업을 시도했다. 조선 역사에서 세종의 한글 창제 못지않게 중요한 의미를 지닌다*는 이 작업을, 억울하게 숨을 거둔 부친에 대한 정조의 효심만으로 설명할 수는 없다. 알다시피, 정조는 즉위 초년부터 끊임없는 암살 기도와 역모에 시달려왔다. 정조는 현륭원 천장遷葬과 화성 축성을 당연히 이런 일련의 움직임들에 대한 강력한 대응인 동시에 왕권 강화의 계기로 삼았다. 그러나 특히 화성 축성은 그것만으로는 설명이 부족하다. 나중에 퇴위를 한 후 화성에 머무르면서 스스로

---

* 수원시사편찬위원회, 수원시사 제17권 『수원화성』 중 특히 박현모, 「(제3부 02) 정조의 화성 건설 구상과 정치리더십」, 175쪽.

상왕의 역할을 행사하고자 한 뜻도 있었을 것이다. 그러나 가장 중요한 목적은 정조 이산이 개혁 군주로서 자신의 뜻을 마음껏 펼쳐보고자 함에 있었다. 이를 위해 정조는 정약용, 이가환을 비롯한 실학파, 박제가, 유득공, 이덕무 등 북학파까지 당대 최고의 지식인들을 두루 기용하여 조선 역사상 가장 찬란한 계획도시 건설을 재촉했다.

이렇듯 수원은 정조 이산의 한과 꿈이 서린 곳이다. 누가 이를 부정할 수 있으랴. 정조의 한은 현륭원을 낳았고, 13차례의 능행을 낳았고, 지지대 고개를 낳았고, 행궁을 낳았다. 정조의 꿈은 화성을 낳았고, 수원 신읍치를 낳았고, 장용영을 낳았다. 하지만 그가 정조에 대해 특히 감탄하는 바는 이 모든 것을 온전히 기록으로 남겼다는 사실에 있다. 그 결과, 정조의 한과 꿈은 역사가 되었을뿐더러, 심지어 거의 완벽한 복원과 재현마저 가능하게 되었다.

조선은 일찍부터 기록의 나라였다. 조선의 역대 군주들은 실록과 일기, 도감과 의궤 따위를 통해 정사와 각종 궁중 의례를 기록하는 작업에 적잖이 관심을 기울였다. 한 예로 왕조의 실록만 하더라도 25대 군주의 472년 재위 역사를 충실히 기록한 『조선왕조실록』이 있다. 중국의 『황명실록』, 일본의 『삼대실록』, 그리고 베트남의 『대남식록大南寔錄』에 비해서도 질적으로나 양적으로 훨씬 풍부한 면모를 자랑한다. 그러나 이 점에서도 특히 정조는 돌올한 임금이었으니, 마치 기록에 사무치고 기록에 환장한 임금 같았다. 『조선왕조실록』은 물론이고, 『승정원일기』『비변사등록』등 누대로 사관이 기록해오던 사료들이 충분한데도, 다시 일기를 넘어선 일기 『일성록』을 보탠 것도 그였다. 문집 또한 184권 100책의 『홍제전서』를 남겼다. 그로서는 특히 수원과 관련하여 마치 정조의 '성은'을 입은 듯해 사뭇 망극할 지경이다. 『화성성역의궤』 『을묘원행정리의궤』 『화성능행도』 『어제성화주략』 『무예도보통지』 『장용영대절목』 등 정조가 있어, 오늘 수원은 전국 어느 도시보다도, 아니, 세계 어느 도시보다도 정확하고 상세한 자기 역사를 유산으로 간직할 수 있게 되었다.

화성을 오늘날의 꼴로 복원한 데에는 누구보다 민선 지방자치단체 수장들의 용기 있는 결단이 큰 구실을 했다. 하지만 이에 덧붙여 결코 간과할 수 없는 건, 바로 그렇게 복원의 청사진을 꿈꿀 수 있게끔 모든 세세한 기록이 남아 있었다는 사실이다. 예컨대 『화성성역의궤』는 화성에 대한 모든 것을 기록한 종합 건축 보고서였다. 전체 구성은 권수卷首 1권, 본편 6권, 부편 3권 등 총 10권 8책으로 되어 있다. 여기에는 축성과 관련해 오간 각종 공문서들은 물론, 공사를 언제 착수했고 언제 끝냈는지 하는 일정과 축성에 참여한 감독과 장인과 인부 들의 인적 사항과 작업 내용, 공사에 들어간 각종 비용과 인건비 지출 내역, 상량문이나 고유문 등 공사와 관련한 각종 의식에 사용한 의례 문건, 그리고 건축물들과 그것들을 만드는 데 쓴 도구와 재료들의 그림까지 두루 기록되어 있다. 임금이 처음 세웠던 계획도 있고, 신하들에게 내린 교지나 신하들이 올려보낸 장계 따위도 넉넉하다. 오늘 화성 축성의 전모를 손금 보듯 상세히 되짚을 수 있게 된 것도 이 때문이다.

계축(1793) 12월 6일 정조는 채제공을 총리대신으로, 조심태를 감동당상으로 임명한다. 12월 8일에는 화성성역소를 설치하고 이유경을 도

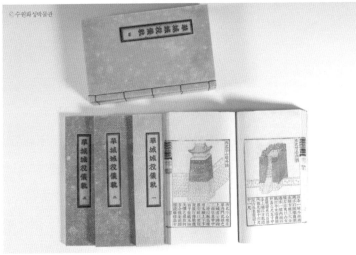

화성박물관과 화성성역의궤

정조의 한과 꿈, 기록으로 남다

청에 임명한다. 이로써 본격적으로 화성 건설의 막이 오른다. 12월 11일 감동 당상과 도청이 성터를 자세히 살펴본다. 이듬해인 갑인(1794) 정월 초7일 묘시에 석재 뜨는 공사에 착수하고, 14일 행행할 때에 푯말을 세워 터를 정한다. 25일 묘시에는 성터 다지는 공사에 착수한다. 2월 28일 진시에 장안문, 팔달문, 화홍문, 남수문 들의 터다지기 공사에 착수한다. 이튿날에는 개울 치는 공사에 착수하고, 14일에 상남지를, 16일에 북지를 파기 시작한다. 이렇게 시작한 공사는 3년여 만인 병진(1796) 가을에 끝난다. 9월 10일 당상관들과 낭관들이 성역이 끝났음을 복명하자, 정조는 공장과 원역과 패장 들에게 고루 상을 내린다. 마침내 10월 16일에는 낙성연을 거행한다.

의궤를 살피다보면, 턱을 바짝 끌어당긴 채 뿔테안경 너머로 두꺼비처럼 두 눈을 껌뻑거리며 〈시방서〉나 〈견적서〉 〈수의 계약 각서〉 〈청렴 서약서〉 〈착수 신고서〉 〈과업 세부 시행 계획서〉(예정 공정표 포함), 용역 참가자 전원의 〈개인별 보안 각서〉 따위를 글자꼴과 크기, 행간, 상하좌우 여백, 지정 부호의 사용 여부까지 꼼꼼히 따지는 군청 재무과 주사나 조달청 직원의 모습이 저절로 떠오른다. 소매에는 까만 토시를 끼고, 필통에는 뾰족하게 깎은 연필을 비롯한 필기구들을 기능별, 색깔별로 가지런히 정리해놓았을 것이다. 그들 중에는 더러 일에 열중한 나머지 동료들이 점심을 먹으러 가자고 해도 미처 그 소리를 듣지 못해 괜한 오해를 사는 경우도 없지 않으리라. 19세기 미국이었다면 『모비딕』의 작가 허먼 멜빌이 창조한 필경사 바틀비가 그 일에 제격이었을 것이다.

바틀비는 처음에는 놀라운 분량을 필사했다. 마치 오랫동안 필사에 굶주린 것처럼 문서로 실컷 배를 채우는 듯했다. 소화하기 위해 잠시 멈추는 법도 없었다. 낮에는 햇빛 아래, 밤에는 촛불을 밝히고 계속 필사했다. 그가 쾌활한 모습으로 열심히 일했다면 나는 그의 근면함에 매우 기뻐했을 것이다. 하지만 그는 묵묵히, 창백하게, 기계적으로 필사했다.*

물론 우리의 의궤 기록자들, 가령 별간역 김계중과 계사 이규징, 화사 엄치욱 같은 이들은 당연히 해야 할 일에 대해, 그리고 누구든지 그들이 하리라 믿어 의심치 않은 일에 대해, 어느 날 갑자기 "안 하는 편을 택하겠습니다"라고 폭탄선언을 하여 평화롭던 월 스트리트에 파란을 일으키는 바틀비 과頗는 아니었다. 그들은 당상과 도청의 지휘 아래 글자와 수치를 바르고 꼼꼼하고 아름답게 적고, 도면을 벽돌의 개수까지 정확하게 그려내는 것에 마치 조선은 물론 동아시아의 미래가 달려 있다는 듯 열과 성을 다하였다. 그리하여 이제 우리는 개혁 군주의 담대하고 치밀한 구상부터, 하다못해 도랑을 파거나 돌을 쪼개고 나르는 일에 든 비용과 인원 같은 아주 시시콜콜한 사항까지 한눈에 살필 수 있게 되었다. 예컨대 축성에 동원된 장인들을 보면, 돌을 떼고 다듬고 조각하는 석수가 642명으로 가장 많았고, 그밖에

목수 335명,

미장이 295명,

---

* 허먼 멜빌,『필경사 바틀비』, 공진호 옮김, 문학동네, 2011, 27쪽.

벽돌장이 150명,

대장장이 83명,

개와장이 34명,

수레장이 10명,

화공 46명,

가칠장이(단청을 애벌로 칠하는 사람) 48명,

큰끌톱장이 30명,

작은끌톱장이 20명,

기거장이(톱장이) 27명,

조각장이 38명,

마조장이(돌이나 쇠붙이를 갈아서 물건을 만드는 장인) 2명,

걸톱장이 12명,

선장(배 만드는 장인) 8명,

나막신장이 34명,

안자장이(마소 위에 얹는 안장이나 마구를 제작하는 장인) 4명,

병풍장이 1명,

박배장이(문짝에 돌쩌귀, 고리, 배목 등을 박아서 문틀에 끼워 맞추는 일을 담당하는 장인) 1명,

부계장이(비계를 설치하는 장인) 1명,

회장이 1명 등이었다.

이들이 일한 날수를 모두 더하면 무려 376,342일에 이르렀다.

의궤가 놀라운 점은, 축성에 참여한 모든 감독들은 물론, 인부들까지

그들의 이름과 구체적으로 한 일, 노임과 상벌 따위도 일일이 기록으로 남기고 있다는 사실이다. 이는 단순히 기록이 그만큼 꼼꼼하고 정확하다는 사실을 알려주는 데 그치지 않는다. 당시로서는 하찮은 인부들의 이름까지 빠짐없이 적어놓은 것은 조선왕조의 다른 의궤에서도 찾아볼 수 없는 특징인데, 이는 조선 후기 민중 생활사를 복원하는 데에도 소중한 데이터베이스가 되고 있다.

김작은노미, 박큰노미, 구작은쇠, 조다리짧은노미, 최망아지, 김삽사리, 김개노미, 엄강아지, 이혹부리, 신막쇠, 박착한노미, 김순한노미, 박기특이, 김쉰둥이, 박시월쇠, 윤좀쇠, 박가랑쇠, 이뭉술, 김쇠꼬치, 지악발이, 오허무쇠, 차언노미, 유돌쇠, 박뭉투리, 김막대……

의궤 기록자들이 일일이 물어보고 확인해가면서 한자음으로 적은 이들의 이름*을 찬찬히 읽어보는 것만으로도, 우리는 당시 축성 현장이 어떠했을지 짐작하고도 남음이 있다. 쉽게 말해서 오늘날 예비군 동원 훈련장이나 청소년들의 국토대장정을 떠올리면 될 터인데, 18세기 말 조선의 배꼽 수원은 아전의 이속과 병사들은 물론이고, 그야말로 온 나라에서 모여든 수백수천의 장인과 품팔이꾼, 장사치들이 시끌벅적 하루에도 수천수만의 이야기꽃을 풀어내는 생생한 삶의 현장이었을 것이다.

---

* 예를 들어 김작은노미金者斤老味, 조다리짧은노미趙足者斤老味, 최망아지崔馬也之, 김삽사리金揷士里, 김개노미金介老味, 김순한노미金順老味, 김쉰둥이金五十同, 이뭉술이李無應述, 김쇠꼬치金金古治, 차언노미車於仁老味, 박뭉투리朴無應土里 등이었다.

정조, 백성들의 이름을 불러준 군주. 창룡문 안쪽에는 희미하게나마 작업 관리자들의 공사실명제 흔적이 남아 있다.

"어이, 쇠꼬치, 뭘 먹어서 꼬챙이처럼 말랐누?"

"사둔 남 말하시네. 이 다리 짧은 놈아."

"또 또…… 그러지들 말고 재밌는 이야기들 좀 해봐. 엊그제 뭉투리처럼 얼버무리지 말고."

"두리뭉술이야 우리 이뭉술이가 최고지, 안 그래?"

벽초 홍명희의 소설 『임꺽정』은 "조선어 광구鑛區의 노다지"(이극로)라는 평까지 받을 만큼 우리말의 보물창고였다. 한 가지 흥미로운 사실은, 벽초는 바로 『화성성역의궤』에서처럼 그저 어중이떠중이로 쉽게 휩쓸어버렸기 십상인 이들의 이름을 불러주는 것만으로도 당대 민중의 생활사를 충실히 재현하는 데 성공했다는 점이다. 예를 들어 산채에서 점고(點考: 명부에 일일이 점을 찍어가며 사람의 수를 조사함)하는 장면에 나오는 화적들의 이름만 보더라도, 독자들은 당시 하층민의 사회적 신분이 어떠했는지를 미루어 짐작할 수 있다. 최오쟁이, 안되살이, 차돌이, 서노미, 개똥쇠, 작은쇠, 덜렁쇠, 삽살개미치, 자릅개동이, 부엌개, 마당개, 쥐불이, 말불이, 쇠미치, 말미치…… 그들은 양반과 다름없는 인간으로 태어났지만 이런 이름을 통해서 알 수 있듯이 주변의 하찮은 사물과 다름없는, 혹은 개나 소, 돼지 등 집짐승과 다름없는 대접을 받으며 살아야 했던 것이다.

'이름 없는' 백성의 이름을 일일이 불러주었다는 사실 한 가지만으로도 우리는 정조의 애민정신을 새삼 확인할 수 있다. 이로써 기록은 차가운 데이터를 넘어 기억과 이야기의 차원으로 이어지게 되는 것이다.

1997년 12월 6일, 화성은 이탈리아 나폴리에서 열린 유네스코 세계문화유산위원회 제21차 총회에서 세계문화유산의 자격을 얻는다.

"화성은 동서양을 망라하여 고도로 발달된 과학적 특징을 고루 갖춘 근대 초기 군대 건축물의 뛰어난 모범이다."(집행이사회)

불과 6개월 전 심사를 맡은 집행위원들의 태도만 보면 선뜻 이런 결정이 나오리라고는 누구도 장담하기 어려운 형편이었다.* 화성의 역사가 상대적으로 짧은데다가, 무엇보다도 특히 무너진 성곽을 현대에 들어와 복원했다는 점이 걸림돌로 작용했던 것이다. 수원시 관계자들은 애가 탔다. 연락을 받은 시장이 직접 나섰다. 그는 담당 직원 한 명을 데리고 파리로 훌쩍 날아갔고, 짐을 꾸릴 새도 없이 유네스코 집행위원들이 모여서 회의를 하고 있다는 파리의 한 카페를 찾아갔다. 그들의 손에는 비밀병기가 들려 있었다. 그리고 그 전략은 정확히 맞아떨어졌다.

그 비밀병기가 바로 『화성성역의궤』였다. 수원을 대표하던 서지학자 이종학이 마련한 영인본이었다. 그동안 온갖 종류의 세계적인 문화유산을 접했을 유네스코 집행위원들은 『화성성역의궤』에 대한 설명을 듣고서는 깜짝 놀랐다. 도대체 어떻게 이런 일이 가능한가. 세계 어느 나라의 문화유산도 이런 식의 기록을 남기지 못했다. 화성은 비록 그 실물이 전쟁의 참화를 입은 안타까움이 있지만, 그와 동시에 참으로 다행스럽고도 놀랍게 못 하나까지 길이와 무게는 어떤 것을 얼마에 구입하여 누가 언제 어디에 어떤 방식으로 박았는지 적어놓은 기록물 『화성성역의

---

* 이 부분은 특히 김준혁, 『이산 정조, 꿈의 도시 화성을 세우다』(여유당, 2008, 314~321쪽), 『화성, 정조와 다산의 꿈이 어우러진 대동의 도시』(더봄, 2017, 398~406쪽)를 참고하라.

궤』에 따라 한 치의 오차도 없이 복원할 수 있었다. 집행위원들은 그 점을 높이 평가하지 않을 수 없었다.

프랑스는 병인양요(1866년) 때 외규장각 도서를 송두리째 약탈해갔다. 그런 다음 우리나라 최초의 프랑스 유학생 홍종우를 통해 『화성성역의궤』를 발췌 번역하기도 했다. 파리를 대대적으로 리모델링하기로 하면서 좋은 참고 자료라고 판단했던 것이다. 홍종우는 당시 동양 문화에 대해 큰 관심을 보인 기메박물관에 근무하면서 이런 작업에 관여했다. (물론 홍종우가 더 유명해진 것은 귀국 후 갑신정변을 주도한 김옥균을 상하이로 유인, 살해한 사실 때문이었다.) 어쨌거나 프랑스에 있던 어람용 외규장각 의궤 297권은 145년 만에 영구 임대 형식을 빌려 고국의 품으로 돌아올 수 있었다.

용두각을 찾아서

신문사 교열부 기자 김소진은 어느 날 밤샘 야근을 하고도 모자라 다시 술꾼들의 해장 술판에 끼어들었다. 그때 그는 "모든 명승지와 명당은 자고로 여인의 음부를 닮는다"는 선배 기자의 흰소리에 순간적으로 비위가 상해버려, 그길로 무작정 신문사를 빠져나와 수원행 전철을 탔다. 짭짤하게 곰삭은 새우젓이라도 혀에 얹어야 기분이 풀릴 성싶어서였다. 하지만 소래포구를 찾아 수인선 협궤열차를 타려던 그의 계획은 소심한 성격과 바쁜 행인들의 무관심 탓에 쉽게 얼크러진다. 수원역에서 해장국을 먹고 난 김소진의 머릿속에는 어느새 소래포구 대신 용두각에 대한 생각이 슬금슬금 파고들어와 있었다. 그는 1번 시내버스를 타고 종점인 경기대학교 앞에서 내렸다. 갱개미, 즉 광교저수지에서 용두각이 멀지 않다는 이모의 말이 유일한 이정표였다. 하지만 그 용두각이 어느 방향 어디쯤에 있는가. 김소진은 복덕방을 찾아가 묻는다. 그러자 중늙은

이 중개업자가 돋보기를 걸친 채 "뭐, 용두각? 거긴 왜 찾우? 여그서 쬐금 더 꺾어져 들어가믄 용호각이라고 있긴 있는데" 하고 대답한다. 알고 보니 용호각은 면발을 아주 곱게 잘 뽑고 탕수육도 제법인 그의 단골 청요릿집이었다.

김소진은 두번째 수원행에서야 용두각을 찾을 수 있었다. 연무동을 이리저리 헤맨 끝에 마침내 눈앞에 화홍문이 나타났다. 그는 화홍문 위에 우뚝 솟은 누각이 그토록 찾아 헤맨 용두각임을 대번에 알아챘다.

나는 가슴속을 뻐근히 휘젓고 올라오는 설렘을 서서히 아우르고 있었다.

훗날 소설가가 된 김소진은 그때의 감격을 이렇게 썼다.

그는 같은 교열부에 근무하는 수원 출신 선배 기자에게 용두각에 대해서 물어본 바 있는데, 선배는 오랫동안 생각해보고도 수원에 그런 누각이나 지명은 없다고 잘라 말했던 것이다. 하지만 그날 난생처음으로 화홍문 위에 우뚝 솟은 누각, 즉 방화수류정을 눈에 담은 순간, 신생 한겨레신문 교열부 기자 김소진은 그것이 곧 이모가 말해준 용두각이라는 사실을 직감했다.

김소진이 쓴 단편소설 「용두각을 찾아서」가 수원을 무대로 했다는 사실을 들어 알고는 있었지만, 수원 토박이인 그 또한 '용두각'이라는 정자 이름은 낯설었다. 언제고 한두 번 들은 기억이 아주 없는 건 아니었지만, 스스로 그런 이름을 혀에 올린 기억은 나지 않았다. 알고 보니 그건

아름다워라, 화홍문.

발음이 다소 어려워 수원 사람들이 더러 '방화수리정' 정도로 부르곤 하던 방화수류정이었다.

　용두각은 바로 방화수류정이었다. 누각의 지붕에는 사방팔방으로 용머리 조각이 붙어 있어 용두각으로 불리게 된 연유를 짐작게 해줬다.

　과자 부스러기와 빵 봉지 등으로 어질러진 누각 층계참 앞에서 팔짱을 끼곤 턱주가리를 부드럽게 어루만졌다. 한데 이곳이 나와 무슨 연관이 있는 걸까.

그때부터 소설은 바로 그 용두각에 묻어 있을지 모르는 생의 어떤 흔적들을 되짚어나가는 데 거의 모든 지면을 바친다. 독자들은 그것이 곧 평생 경제적으로 무능해서 기껏해야 연민의 대상이었던 아버지와 달리 억척의 화신으로 홀로 생계를 꾸려가는 어머니에 대해 훗날 소설가가 되는 김소진이 건네는 화해의 몸짓임을 알아차리게 된다. 사실 그 어머니는 막내아들에게 "지옥인 동시에 그리움의 대상"으로 남아 있었던 것이다. 그녀는 본디 철원 사람으로, 1·4 후퇴 때 고향을 등졌다가 휴전 직후에는 수원에 자리를 잡고 2년여 구호민 배급을 타먹으며 지낸다. 그때 그녀가 살던 곳이 바로 '용두각'이었는데, 더 정확히는 "갱개미에서 흘러내린 개천가의 피난민용 진흙집"이었다. 기록에 따르면, 연무동에는 방화수류정 뒤편 옛날 공설운동장 자리에 주로 황해도와 강원도 사람들의 수용소가 있었다고 한다.* 1950년대 미 제5공군에 근무하던 마빈 하사가 남긴 사진 속에서도 방화수류정 부근의 피란민촌이 보이는데, 북

암문을 포위한 나지막한 움막집의 초가와 널어놓은 빨래가 곤고했을 피란 생활을 고스란히 드러낸다.

독자로서 우리는 안다. 나이가 들어 이제 스스로 또 한 사람의 아버지가 된 김소진이 애증의 존재로서 어머니로부터 벗어나고자 어머니의 유물인 사향주머니를 저 아래 용연 못에 내던지지만, 그렇다고 장구한 세월을 이어온 어머니에 대한 '신화' 혹은 '콤플렉스'가 무너지는 건 결코 아니며, 꼭 그럴 필요도 없었다는 사실을 말이다. 그러니, 행여 김소진의 소설을 읽다가 문득 용두각을 찾아 나선 경향 각지의 문학 애호가들이라면, 발아래 아름다운 용연에 그게 무엇이든 던지지 마시기를.

그는 김소진이 죽기 전 이런저런 자리에서 서너 차례밖에 마주치지 않았지만, 수십 년 세월이 흘렀어도 그 선한 얼굴을 선명하게 기억했다. 커다란 검은 테 안경 속에 빛나던 눈빛, 무엇보다 입가에 머물던 잔잔하고 싱그럽던 미소. 김소진은 1997년(그가 편집장을 지냈고 나중에 주간까지 맡게 되는) 『실천문학』 봄호에 장편소설 『동물원』을 발표했고, 그해 3월 초 서울 서교동의 한 내과의원에서 내시경으로 위염 검사를 받는다. 며칠 후에는 신촌 세브란스에서 최종적으로 암 판정이 떨어진다. 그리고 우리 모두가 기억하듯, 벚꽃잎 다 떨어지기 무섭게 황망히 길을 떠난다.

2010년 똑같은 병명을 진단받고도 살아남은 그는 용두각이 아니라 방화수류정에 오르면서 새삼 한 뛰어난 작가의 빈자리를 기억한다.

* 세류동 이홍균의 회고, 「마을의 형성과 사람들」, 『세류동지』, 수원박물관, 2010, 129쪽.

용연에서 올려다 본 방화수류정. 김소진의 「용두각을 찾아서」의 배경이 되었다.

용두각을 찾아서

눈 온 날 아침, 용두각. 능수버들 빈 가지마저 아름답구나.

능수버들의
기억

용연 쪽에서 방화수류정을 올려다본다. 애초 동북각루로 지어진 만큼 비상시 군사적 목적을 무시할 수 없겠지만, 그런 용도가 방화수류訪花隨柳, 즉 "꽃을 찾고 버들을 따라 노닌다"라는 이름과 어울릴 턱은 없다. 많은 사람이 입을 모으듯, 화성에서도 가장 빼어난 경치를 자랑한다. 계절을 가릴 것 없이 전국 각지에서 사진가들이 무거운 삼각대를 메고 몰려드는 것도 그 때문이다. 물론 때가 맞으면 훨씬 마음에 드는 그림을 얻어낼 수 있을 터.

지난겨울 집에 들렀을 때 마침 눈이 왔다. 그는 아파트 16층 복도에 나가 눈 내린 광교저수지를 넋 놓고 바라보다가 퍼뜩 정신을 차렸다. 눈발은 진작 그쳤고, 햇살은 군데군데 눈을 녹이며 반짝 빛났다. 그때 머릿속에서 영롱한 햇살이 눈 덮인 방화수류정의 팔각지붕을 비쳤다. 아차, 그는 서둘러 집을 빠져나갔다.

눈 온 날 화홍문의 뒤태를 본 것이 어느 고릿적인지 싶었다. 아침 햇살에 눈은 많이 녹았고, 화홍문 지붕에도 검은 기와의 가지런한 흔적이 슬슬 내비치기 시작했다. 게으른 농부가 벼를 거두고 난 자리를 아무렇게나 놔둔 것 같은 개천은 그 때문에 오히려 일곱 개의 수문을 배경으로 더 멋진 풍경을 일궈내고 있었다. 길게 감탄할 여유도 없이, 연달아 셔터를 눌러댔다. 내버려둔 다년생풀 풀단의 갈색이 서리 내린 듯 살짝 덮인 흰 눈과 조화를 이루었다. 그는 실력도 없으면서 이리저리 각도를 재가며 사진을 찍었다. 자기가 선 다리 난간 꼭대기의 석물에 소담히 쌓인 눈을 전경 가득히 채워넣은 뒤, 화홍문을 흐릿한 배경으로 담는 재주도 부렸다. 자리를 조금 더 옮기자, 용연과 방화수류정이 황홀한 자태를 드러냈다. 그는 사진을 찍는 것도 잠시 잊었다. 그러다가 얼굴에 닿는 따가운 햇살에 쫓겨 다시 셔터를 눌렀다. 그는 히말라야에 갈 때마다 제 사진 실력을 통탄하곤 했다. 루클라에서, 남체에서, 고쿄 리에서, 황량한 페리체에서, 눈보라 휘몰아치던 딸 강가에서, 숨을 헐떡이며 까마득한 눈 계곡으로 떨어지는 환각에 시달리던 쏘롱 라에서, 그리고 무엇보다 그 황홀한 아마다블람을 빤히 보면서. 돌아와서 보면, 애써 찍은 사진들은 그가 보고 겪은 풍광의 100분의 1도 재현해내지 못했다. 그래, 돌아오는 비행기에서는 다음엔 꼭 사진을 제대로 배워서 돌아오리라 다짐도 했다. 물론 그 약속은 한 번도 지켜지지 않았고, 그는 이제 그 겨울날 아침 눈 내린 용연에서 또다시 후회를 되풀이했던 것이다. 딴에는, 능수버들 가지를 넣고 성가퀴를 올려 찍어야 한다고 생각했다. 능수버들 휘휘 늘어진 가지 없이 어찌 용연이고 방화수류정이랴!

중학교 때 그는 지동 집에서 학교까지 개천가를 따라 걸어다녔다. 그 통학 거리가 멀다고 느낀 적은 별로 없었다. 그때 화홍문이 딱 절반 길이었다. 얼음이 풀리면 화홍문 앞 개천에서는 빨래하러 나온 여자들을 무시로 볼 수 있었고, 날이 조금 더 따뜻해지면 어른들이며 인근 고등학교의 형이나 누나들도 새마을운동 깃발 아래 울력을 나왔다. 여름에는 그도 화홍문 누각에 앉아 쐬는 바람만으로는 성이 찰 턱이 없으니, 굳이 내려가 바지야 젖건 말건 물장난을 치기도 했다.

사실 그 길은 역사에 기록될 만한 특별한 일 같은 건 백년에 한 번도 일어나지 않을 한갓진 길이었다. 그래도 그에게는 특별했던 어떤 하루가 생각난다.

그날은 친구도 없이 학교에서 혼자 돌아오는 길이었다. 화홍문을 지나 남수동 쪽으로 조금 지났을까, 아니면 화홍문 조금 못 미쳐서였을까. 아무튼 그는 갑자기 해야 할 일이 있다는 데 생각이 미쳤다. 다행히 길가 어느 가게의 유리창 너머로 텔레비전을 볼 수 있었다. 아주 낯선 광경이 펼쳐지고 있었다. 우주복을 입은 사람이 장난감처럼 조그만 우주선 밖으로 막 발을 내디뎠다. 천천히, 아주 천천히. 그는 조마조마 마음을 졸였다. 아무리 어린 나이어도 그 우주인이 내딛는 발걸음 한 발짝 한 발짝이 무슨 의미인지 알고 있었기 때문이다. 인간은 어쩌면 그날 하루 이전과 이후로 역사를 가를지도 모를 일이었다. 머리에 커다란 어항 같은 모자를 쓴 우주인은 그의 기대를 저버리지 않았다. 곧이어 다른 우주인이 내렸다. 두 사람은 캄캄한 달 표면을 처음에는 허수아비처럼 뒤뚱뒤뚱, 나중에는 토끼처럼 깡충깡충 뛰어다녔다. 그는 이미 그곳에 방아를 찧

는 옥토끼 같은 건 없다는 사실을 알고 있었지만, 그렇다고 그날 이후 그
의 가슴에서 어떤 경이로움마저 다 지워진 것은 아니었다.

화홍문을 조금 지나면 영화동 우시장이었는데, 전국에서도 알아주는
시장답게 소들이 뿜어내던 콧김과 낮게 울어대던 울음소리가 어린 그의
눈과 귀를 압도했다. 기록을 살펴보니, 그곳 우시장은 1979년에 멀리 곡
반정동으로 옮겨간다. 그렇다면 그가 대학에 다닐 때에도 여전히 성업중
이었다는 말인데, 그는 그 기록을 믿을 수 없다. 기억 속에서는 우시장이
사라진 게 그보다 훨씬 전이었기 때문이다. 그나마 그를 크게 배반하지
않은 기억이 있다면, 용연 주변의 연둣빛 능수버들이 일궈내던 풍경 정
도일 터. 고마운 마음에 그는 그 능수버들을 사진 속에 자꾸 쓸어담았다.

용연에 방화수류정이 잠겼다. 바람 한 점 없으니 그림자도 착각을 불
러일으킨다. 한복판에 자그마한 섬이 있고, 거기 세 그루 소나무가 서 있
다. 그는 문득 화성행궁 앞에 정조가 직접 심었다는 세 그루 느티나무가
떠올랐다. 발이 셋 달린 솥 정鼎이 그러하듯, 3은 완벽한 숫자이다. 그렇
다면 용연의 저 작은 섬은 이상향이 아니고 무엇이겠는가. 그것들은 추
사의 〈세한도〉 속 소나무들하고는 또다른 느낌을 안겨주고 있었다. 고
졸하되, 당당한.

그는 한 발짝 뒤로 물러섰다. 그런 다음 심호흡을 하고 이번에는 방화
수류정을 빼고 저만큼 떨어져 있는 동북포루를, 그 세 그루 소나무 너머
로 끌어당겼다. 잘 찍혀주셨네. 그는 겨울날 아침 자신을 이곳으로 이끈
설경에 기꺼이 고마움을 표했다.

거울. 용연.

능수버들의 기억

화홍문의 전경을 담기 위해서는 길을 되돌아가야 했다. 그는 돌다리 대신 개천 바닥으로 내려가 징검다리 길을 택했다. 그때 반드시 수문을 하나 골라 안으로 들어가볼 일이다. 수원천이 한눈에 들어오기 때문이다. 그는 그 개천을 그런 공식적인 이름으로 부른 기억이 아예 없다. 어떤 기록에는 천변에 능수버들이 지천이라 유천柳川, 즉 버드내라는 이름으로 남아 있기도 하다. 어쨌거나 그의 어린 시절에는 이름이 없어도 뭐 크게 불편하지 않았고, 그래서 딱히 정성스럽게 이름을 챙겨 부른 기억이 없는 것이다. 그냥 개천이고 냇갈(냇가)이었을 뿐이다. 그가 이런 제주장을 고집할 이유는 없다. 오늘날에도 개천이 흐르는 주변 동네, 즉 세류동이나 인계동 어디쯤을 일러 버드내라고 하는 만큼, 예의 그 유천을 가리켜 많은 이가 버드내라고 불렀을 것은 분명하기 때문이다.

어쨌거나 수문 안에서 무지개(홍예) 천장을 이마에 얹은 채 수원천이든 버드내이든, 아니면 그저 개천이든 천천히 바라보시라. 겨울 아침 청명한 하늘 아래서라면, 가지치기를 한 천변의 버드나무들까지 넉넉히 받아들일 수 있을 것이다. 그게 마치 교문에서 훈육주임에게 걸려 변명할 틈도 없이 바리캉 세례를 받은 까까머리 같다 할지라도.

음력 정월이면 아직 바람이 찰 텐데, 정사년(1797년) 거둥에 나선 정조의 마음은 벌써 봄이었다. 동장대에서 활을 쏘고 난 뒤 방화수류정으로 자리를 옮겨, 시 한 수를 남겼다.

봄날 성을 두루 돌아도

슬쩍 샛길로 빠져나와 바라본 성곽과 포루. 이름은 잊었다.

능수버들의 기억

해는 아직 지지 않고,

방화수류정의 구름 낀 경치

더욱 맑고 아름답구나.

수레를 세워놓고

세 번 쏘기가 묘하니

만 그루 버드나무 그림자 속에

화살은 꽃과 같네.*

  그렇다. 그는 따뜻한 아메리카노 한잔 마시기 딱 좋은 '봄날'이었겠구
나, 생각했다.

---

* 『수정국역 화성성역의궤』, 김만일 외 옮김, 경기문화재단, 2001, 234쪽.

동문은
도망가고

예전에 수원 사람들은 이렇게 말했다.

동문은 도망가고, 서문은 서 있고, 남문은 남아 있고, 북문은 부서졌다.

이제 도망간 그 동문을 기점으로 화성 일주의 마지막 구간을 걷는다. 이 구간은 가장 변화가 심해서, 예전의 기억을 더듬는 것은 거의 부질없는 일이 되기 일쑤다. 어쨌거나 일주를 마쳤을 때, 놀랍게도 그는 그 변화에 대해 사뭇 긍정적인 평가를 내리고 있는 자신을 발견했다. 마치 관변학자처럼.

이래도 되는 것일까.

작가로서, 또 수원 토박이로서 그는 당연히 무분별한 개발과 헛된 비약에 몸을 맡기느니, 차라리 '오래된 미래'를 택하자는 쪽이었다. 그 역시 많은 작가처럼 말한다. 트럼프 빌딩의 웅자보다는 월든 호숫가의 오두막을 사랑한다고. "필요하다면 강에 다리 하나를 덜 놓고, 그래서 조금 돌아서 가는 일이 있더라도 그 비용으로 우리를 둘러싸고 있는 보다 어두운 무지의 심연 위에 구름다리 하나라도 놓도록 하자"＊는 소로의 말에도 백 프로 동의한다. 그런 만큼 설사 진화론자일지라도, 인간을 위한다는 명목으로 개를 생체 실험하는 현장에 동참했던 지난날의 자신을 지독한 연민으로 회고하는 로렌 아이슬리 같으면, 그리하여 "저 공허한 먼 길을 거쳐 와서 반짝이고 있는 별 하나"라고 쓸 줄 아는 인류학자라면 기꺼이 곁을 내줄 터였다.＊＊

그러니, 정말, 이래도 되는 것일까.

'걷기'를 시작한 이래, 그는 번번이 당혹하지 않을 수 없었다. 차를 대고 넓은 주차장을 여유 있게 빠져나왔지만, 그는 금세 제 기억 속에 화성 행궁 같은 건 없었다는 사실을 깨달았다. 다른 곳들도 마찬가지였다. 화령전이라고? 서장대라고? 남수문? 뭘, 남수문? 발을 딛는 곳마다 기억이 그를 배반했다. 그는 팽나무고개 자신이 태어난 집을 찾지 못했고, 구천동 자신이 살던 집을 찾지 못했으며, 두 곳의 지동 집을 둘 다 찾지 못했다. 초등학교 때 집에서 혼자 실패를 깎아 장난감 전차를 만들려다가 엄지손가락 밑을 깊이 벤 적이 있는데, 그때 혼자서 손수건으로 상처를 누른 채 찾아갔던 천변의 의원 이름도 장소도 기억하지 못했다. 상황이 이럴진대, 훗날 가세가 몰락한 후 정신없이 돌아다녔던 그 숱한 '이주지'

＊ 헨리 데이비드 소로, 『월든』, 강승영 옮김, 도서출판 이레, 1993, 130쪽.
＊＊ 로렌 아이슬리, 『광대한 여행』, 김현구 옮김, 강, 2005, 168쪽.

들은 설사 주민등록초본을 떼어본들 거의 꿰어 맞추지 못할 것이었다.

　동문이라고 다르지 않았다. 솔직히 화성에서도 그동안 가장 발길이 뜸했던 곳이 바로 동문이었다. (말 그대로 도망갔으니까.) 그리고 동문에서 다시 남문까지 이르는 구간은 수원 토박이인 그로서도 생경할 수밖에 없는 복원 구간이었다. 그는 수원이 마치 내 손안에 있다는 듯 겁없이 뻐기다가, 믿었던 기억으로부터 원투 어퍼컷을 호되게 얻어맞고 시르죽은 발길을 옮겨야 할 참이었다.

　어쨌건 그는 화성의 마지막 구간 일주를 연무대가 아니라 화홍문에서 시작했다. 방화수류정 옆 암문을 다람쥐처럼 빠져나가면 용연이 한눈에 펼쳐진다. 어린 시절부터 꽤 익숙한 풍경이었다. 그렇지만 한 번도 그 옆길을 걸은 적은 없었다. 용연을 사진에 담다가 그는 뒤늦게 그 길을 발견했다. 머릿속에 암문을 기점으로 성가퀴를 왼쪽에 끼고 연무대까지 걸어가는 오르막길만 그리고 있었던 것이다. 그러나 봄볕 좋은 한낮이라면 성곽의 돌담이 드리우는 그늘마저 따사롭게 느껴지리라. 이제 암문을 빠져나가 그 돌담길을 오른쪽 어깨에 이고 동쪽을 향해, 정확히는 성곽 밖으로 돌출한 동북포루를 1차 목표로 삼고 걷는다. 그 길은, 흔한 선택이 아닌 만큼 화성 일주의 색다른 맛을 안겨줄 것이다. 왼쪽으로는 말끔히 사방 공사를 한 비탈이 시작되지만, 봄볕 아래서는 그마저 나른한 유혹일 뿐이다. 높다란 돌담도 막상 그 아래 서면 그다지 위압적이지 않다.

　걸음을 옮기는 내내 왼쪽 시야에는 영화동과 연무동의 올망졸망한

동북포루에서 연무대 가는 길. 늘 다니던 길 대신 일부러 바깥쪽 길을 택했다. 전혀 다른 풍경이 기다린다.

주택가가 잡히는데, 이따금 잡초처럼 불쑥 솟아난 몇 층짜리 건물 너머로 보이는 완만한 구릉이 광교산이다. 그러니까 그 길은 도시와 성, 도시와 자연이 어떻게 조화를 이루는지 잘 보여주는 일종의 전망대 구실을 한다.

정조는 규장각의 풋내기 학자 정약용에게 화성 축성의 큰 그림을 맡겼다. 다산은 열심히 준비했고, 정조는 흔쾌히 청년 실학자의 청사진을 받아들였다. 하지만 화성의 북문인 장안문을 축성하려 할 때 문제가 발생했다. 1794년, 정조는 현지에 와서 직접 다산의 계획을 꼼꼼히 짚었다. 그러더니 계획을 변경할 것을 명령했다. 장안문을 도면보다 서쪽으로 꽤 옮기라는 것이었다. 축성을 총지휘하던 채제공이 화서문에서부터의 거리를 들어, 또 그 경우 공사비가 훨씬 많이 든다는 사실을 들어 원안대로 공사하자고 건의했다. 정조는 물러서지 않았다. 그는 눈앞의 마을을 가리켰다. 2백여 채의 민가. 그것은 원래 화산에 있다가 사도세자의 묘를 천장할 때 이주해온 집들이었다. 채제공은 그제야 임금의 뜻을 헤아릴 수 있었다. 아무리 좋은 계획일지라도 백성을 괴롭히면서까지 밀어붙일 수는 없다는 것. 그렇게 해서 장안문은 2백 미터나 옮겨져, 서문인 화서문에 그만큼 가깝게 다가서게 되었다. 사실, 화성의 성곽이 반듯하게 원호를 그리지 않고 군데군데 삐뚤빼뚤한 것도 정조의 이런 애민정신이 발휘되었기 때문이다.

동북포루를 지나면 동암문이 나오고, 다시 얼마를 더 가면 곧 연무대에 이른다. 말하자면 거기서부터 마지막 구간의 일주가 본격적으로 시작되는 셈인데, 서두를 건 없다. 화성 일주에 어떤 원칙 같은 건 없다. 아무데서나 시작해도 좋고, 어디서 끝마쳐도 상관없다. 한 가지 분명한 사실은 일주에 대한 욕심을 버리면, 그리고 완주에 대한 욕심을 거두면, 오히려 더 많은 것을 보게 되리라는 것. 가령 앞만 보고 부지런히 걷기보다 이따금 걸음을 멈추고 뒤를 돌아보는 일이 중요한 것도 비슷한 이치인데, 그런 사람들은 12박 13일에 유럽 10개국 돌파를 내건 시속 110킬로미터짜리 전광석화 주마간산 허겁지겁 패키지여행보다는 서툰 대로 제 손으로 일정을 짜는 배낭여행을 선호할 것이다.

연무대는 말 그대로 군사들이 무예를 연마하던 곳으로, 팔달산 꼭대기의 화성장대를 서장대로 부르는 것에 짝을 이루어 동장대라고도 한다. 장대라 할 때에는 장수들이 군사를 조련하고 지휘한다는 개념이 더 두드러지게 마련이다. 그러나 동장대가 꼭 군사 훈련의 목적에만 쓰인 것은 아니었다. 기록에 따르면, 그곳에서 종종 호궤犒饋가 크게 열렸다 하는데, 이는 화성 축성에 동원되었던 장인들이나 일꾼들을 위로하는 잔치였다. 기록은 열한 차례의 호궤를 진행했다는 사실을 전한다. 보통은 장인과 일꾼 한 사람당 밥과 국 한 그릇에 생선 자반 한 손을 내렸는데, 특별한 때에는 흰떡과 수육이 술과 함께 돌아가기도 했다. 비단 먹을 것만이 아니었다. 더울 때는 부채는 물론 한약으로 척서단을 두루 나눠주기도 했다. 이를 반사頒賜라 했다. 또한 겨울에는 인부들이 한데서 떠는 것을 걱정하여 솜옷과 털모자를 나눠주기도 했다. 지금이야 털모자가 무어 그리 귀한 것이기에 할 수도 있지만, 당시 엄격한 신분 사회였던 조선에서는 사실 아무나 털모자나 털로 만든 귀마개 따위를 할 수 있는 게 아니었다.

연무대. 꼭 군사 훈련의 목적에만 쓰인 것은 아니었다.

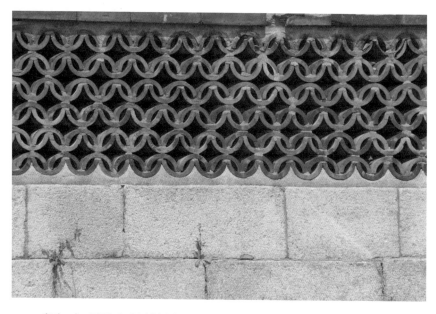

영릉장. 그리고 개혁군주 정조의 숙명적인 비애.

사냥꾼을 예외로 친다면, 정3품 당상관 이상만이 추운 겨울에 토끼털로 만든 귀마개를 할 수 있었다는 것.* 솜옷 역시 아무나 입을 수 없는 것이었다. 그러니 귀가 떨어져나가고 온몸이 꽁꽁 얼어붙는 한겨울에 임금이 내린 털모자와 솜옷을 받아든 인부들의 마음은 어떠했겠는가.

물론 오늘날 그런 흔적들을 떠올리는 것은 쉽지 않다. 오히려 연무대에서 가장 눈길을 끄는 것은 건물 뒤로 나지막하게 보이는 총길이 30미터의 담장이다. 둥근 기와를 엇갈리게 포개어 궁중 후원에서도 쉽게 찾아보기 힘들 만큼 아름다운 연속무늬를 선보인다. 이슬처럼 영롱하다 하여 영롱장이라 부르는데, 바로 앞 연무대 연병장에서 군사들이 일으켰을 함성과 흙먼지를 떠올리면 도무지 어울리지 않는 사치처럼 보인다. 화성이 유네스코 세계문화유산으로 등재될 때 이곳을 찾은 실사단도 감탄을 금치 못했다고 한다. 그러나 사실 이 영롱장은 개혁 군주 정조의 숙명적인 비애를 고스란히 보여준다. 정조가 이곳을 찾을 때 그의 비밀 경호원들은 영롱장 뒤에 숨어서 감시의 눈길을 조금도 게을리 하지 않았다는 것. 우리는 드라마나 영화를 통해 정조가 얼마나 취약한 기반에서 왕위에 올랐는지 잘 알고 있다. 정조 이산은 재위 초기 제 아버지 사도세자를 비명에 가게 한 노론 벽파와 치열한 대립을 피할 수 없었다. 즉위하던 해 이미 그의 목숨을 노린 자객들이 한밤중 감히 경희궁 안 왕의 침전이자 서재인 존현각에 침입하는 사건이 발생했다. 그때까지 이

---

* 김준혁, 『화성, 정조와 다산의 꿈이 어우러진 대동의 도시』, 더봄, 2017.
  김동욱, 『실학 정신으로 세운 조선의 신도시 수원화성』, 돌베개, 2002, 참고

어온 조선 왕조 4백년 역사에서 가장 대담한 시해 기도였다. 정조 곁에는 내시가 한 명뿐이었는데, 그마저 호위무사들의 동태를 살피라는 명을 받고 자리를 뜬 상태였다. 어쩌면 이 말도 안 되는 허술한 경호가 이미 어떤 계략이 진행되고 있음을 말해주는지도 모른다. 어쨌든 그 밤, 자객들은 존현각 지붕을 타고 왕에게 다가와 기와와 모래를 뿌렸다. 마침 책을 읽고 있던 정조는 고래고래 소리를 지르며 황급히 몸을 피했다. 평소 무술을 연마하는 데 게을리 하지 않았던 그였기에 가능한 피신이었다. 전대미문의 이 사건은 노론의 영수 홍상범이 주도한 것이었다. 그에게 매수된 호위군관들이며 도성의 무사들, 그리고 궁궐 안에서 궂은일을 도맡아 하던 액정서 소속들까지 대거 가담했다는 사실이 속속 드러났다. 정조의 분노는 극에 달했다. 하지만 용의 목에 거꾸로 난 비늘, 즉 역린逆鱗을 건드린 자들과의 대결은 바야흐로 시작이었을 뿐이다. 훗날 정조가 화성행궁을 축성하면서 따로 자신의 친위부대 장용영을 설치한 것도 당연히 이러한 배경에서였다.

연무대 바깥에는 수원의 대표적인 활터가 있다. 그도 어렸을 때 이곳에서 궁사들이 활 쏘는 광경을 목격한 적이 있는데, 그가 운이 좋지 않았던 것인지, 멀리 떨어진 과녁을 제대로 명중시키는 것은 물론이고 시위를 힘차게 당기는 이들조차 거의 없었다. 훗날 우리나라 양궁 선수들이 텐, 텐, 텐, 정곡正鵠을 거푸 찌르며 올림픽을 석권할 때마다 가끔 어린 시절 눈에 담았던 그런 광경이 떠올라 혼자 피식 웃음을 머금기도 했다.
연무대를 벗어나면 곧 동북공심돈에 이른다. 화서문 옆에 있는 서북

활터 위쪽 동북공심돈.

성곽 길을 따라가는 도중 올려다본 하늘. 미세먼지 없는 하늘이 고맙고 또 고마워서.

공심돈이 워낙 아름답고 유명하여 이 동북공심돈은 상대적으로 적은 관심을 받고 있다. 그러나 이곳은 이곳대로 독특한 건축술을 선보이는바, 안쪽 공심에 나선형 계단을 두어 병사들이 그것을 통해 망루에 이르도록 한 것이 가장 큰 특징이다. '소라각'이라는 별칭이 거기서 유래한다.

이제 동문, 즉 창룡문이다. 아마 수원 화성의 네 개 문 중에서 가장 주목을 덜 받았던 성문 역시 이곳이 아니었던가 싶다. 다른 문에 견주면 규모도 좀 작은 편이고, 무엇보다 시내에서 상대적으로 멀리 떨어져 있었기 때문일 것이다. 그가 어린 시절 사대문 밖은 어디나 한적했지만, 동문 밖은 그야말로 논과 밭이 있을 뿐이었다. 지금은 공심돈과 동문 사이를 이어 복원한 성곽 아래로 4차선 도로가 뚫려 있다. 수지 풍덕천과 성남으로 이어지는 길인데, 그 바깥 어디쯤에 지금은 흔적조차 찾기 쉽지 않지만 꽤 큰 규모의 공동묘지가 있었다. 아버지와 함께였을까, 아니면 친구들하고 놀다가 들렀을까, 어린 시절 어쩌다보니 그는 거기 무덤들 한복판에 있었다. 봉분을 밟을세라 조심조심 발을 떼는데, 누가 갑자기 소리쳤다.

"거기도 밟지 마!"

어린 그는 화급히 발을 떼었다. 그러나 아무리 봐도 봉분 같은 것은 보이지 않았다. 그저 허물어진 길섶이었다. 누군가가 그게 애장터라고 했다. 애장터. 그는 감히 그 뜻을 물어보지도 못했다. 물어보지 않아도 무슨 뜻인지 선명하게 그림이 그려졌기 때문이다. 그날 이후 아마 꽤 오랫동안 밤마다 식은땀을 흘렸을지 모른다. 애도 죽는다는 생각. 그리고 애가 죽으면 널도 없이 봉분도 없이 그토록 허접하게 내버려진다는 생각.

아마 그는 어려서 죽었다는, 그가 한 번도 보지 못한 맨 위로 두 누이에 대해서는 애써 생각을 피하려다 오히려 점점 더 그 생각에 빠져들었을지 모른다.

동문은 이제 옹성까지 제대로 갖춘 단아한 모습으로 사람들을 맞이한다. 그 지붕 위로 불쑥 커다란 흰색 풍선이 떠올라도 놀라지 말 일이다. 언제부턴가 그곳에서는 수원 시내를 조망할 수 있는 열기구가 손님들을 끌어모으고 있다. 그것을 비롯하여 공심돈 아래 잔디밭에 새겨놓은 '2016 수원', 성곽을 관통하는 성남 방면 도로, 그 도로 바로 위 잔디에 새긴 'WELCOME' 같은 것들은 관광객들을 끌어들이는 데 적잖이 기여하고 있다. 그렇다는 얘기지, 꼭 그래야 한다는 건 아니다. 부디 그 정도로 멈추어주기를. 그런 그의 눈앞에 빨간색 장난감 기차 같은 화성어차가 출발한다. 그 또한 당연히 수원의 흉물 중 하나로 그의 눈 밖에 났던 적이 있었는데, 지금 생각은 바뀌었다. 얼마 전까지만 해도 광교산도 다니고 광교저수지 길도 훌쩍훌쩍 날아다니던 아버지의 다리에 부쩍 힘이 빠졌다. 방화수류정에 모시고 갔더니, 선뜻 올라가시려고 하지 않았다. 알고 봤더니 오르는 건 괜찮지만, 내려올 때 다리 힘이 버티지 못한다는 것이었다. 결국 그가 곁에서 부축해드렸다. 그날 이후 화성어차 운행에 관해 알아봤다.

그는 또 생각한다. 아버지와 함께하는 시간은 얼마나 남았을지.

창룡문. 수원의 동문이다. 둥실 애드벌룬이 떠서 마치 한 폭의 초현실주의 그림 같다.

동문은 도망가고

당신이 만일 4월이나 5월에 화성을 방문할 수 있다면.

남수동에
골목이 있고
나무가 있어

실은, 이곳을 소개해주고 싶었다.

당신이 만일 4월이나 5월에 화성을 방문할 수 있다면, 운이 무척 좋다고 생각해도 될 것이다. 추천하건대, 동문에서 남문까지 성곽을 따라 느릿느릿 걷다가 어디쯤이든 잠시 걸음을 멈추고 코에 닿는 라일락 향기를 맡아보시라. 푸르른 나무 사이로 얼핏 중국의 옛 시인 이백의 이름을 단 예쁜 카페도 눈에 담을 수 있을 텐데, 주변의 살림집들하고 크게 다르지 않은 외관이 오히려 정겹게 느껴질 것이다. 그 앞에는 텃밭이 있어, 안에 들어가 홀로 커피 한잔을 마신대도 답답하지는 않으리라. 두보를 더 좋아하는 그도 종종 들어가 따뜻한 카푸치노를 마신다.

성 안쪽 그 언저리가 남수동이다. 그는 성곽 바깥쪽 지동에 주로 살았기에 남수동을 많이 다녀본 기억은 없다. 더 솔직히 말하면, 남수동을 이제야 새롭게 발견한 느낌이었다. (따지고 보니 그의 '수원'은 얼마나 좁았던가!) 따사로운 봄볕 아래 아담한 기와집들이 지붕을 맞댄 채 나란히 이어지고 있었다. 뭐 일일이 사람 품을 들인 조선 기와가 아니라도 어떤가. 성 바로 아래 남수동은 값싼 양기와로도 얼마든지 깔끔한 풍경을 만들어내고 있었다. 집집마다 빨간 벽돌 담장 한쪽에 나무 한 그루쯤 심어놓았다. 벽에 붙여서 바깥쪽으로 손 한 뼘 겨우 될까 말까 한 화단을 만들어놓은 집도 있는데, 빨간 벽돌을 배경으로 노란 유채꽃이 화사했다. 봄볕 아래 더없이 고즈넉한 풍경이었다. 성곽 바로 옆을 따라가는 길에는 산책을 하거나 운동을 하는 사람들이 심심찮게 지나갔지만, 군이 나지막한 비탈을 몇 걸음 걸어내려오는 이들은 거의 없었다. 골목도 마찬가지였다. 잘 포장된 길바닥에는 담장 위로 높이 솟은 나무의 그림자만이 느닷없는 방문객을 맞이해줄 뿐이었다. 골목 끝에서는 아직 개발의 손을 타지 않은 공터가 큰길을 향해 가파른 비탈을 이루고 있었다. 누군가가 그 비탈 끝 모서리의 전봇대 옆에 나무의자를 만들어놓았다. 거기 앉으면, 바삐 달리던 시간도 뚝 걸음을 멈출 것만 같다. 한데, 무슨 바쁜 일이 있다고 그는 그저 빈 의자를 구경만 하고 곧 자리를 떴다.

화성 안내 지도에는 창룡문 이후에 동일포루, 동일치, 동포루, 동이치, 봉돈(봉화대), 동이포루, 동삼치, 동남각루를 연달아 소개하고 있지만, 남수동을 지날 때쯤이면 솔직히 그런 건축물들을 하나하나 자세히 들여다볼 기운은 남아 있지 않을 것이다.

여행자는 도시를 끊임없이 돌아다니지만 의구심만 남을 뿐입니다. 도시

남수동 골목.

남수동에 골목이 있고 나무가 있어

수원 영동시장.

의 각 부분들을 구별할 수 없기 때문에 그의 머릿속에 또렷이 구별되어 있
던 지점들도 뒤섞여버립니다.*

그래도 낮에는 연기로, 밤에는 횃불로 신호를 전하던 봉돈에서만큼은
애써 힘을 낼 일이다. 우리나라의 봉화대가 흔히 산성 꼭대기에 설치되
어 있던 것과 달리 성곽에 붙여서 성곽의 일부로 축조했다는 점이 특징
이다.

동남각루에 이르면 돌연 풍경이 바뀐다. 성곽은 사라지고, 번잡한 저
자가 눈을 가로막는 것이다. 대각선으로 바라보이는 큰 시장이 영동시
장이며, 개천 건너 맞은쪽 천변에 늘어선 또다른 시장이 지동시장과 미
나리꽝시장이다. 그리고 그 남쪽 아래로 못골시장이 붙어 있다. 실은 지
동池洞이 못골이다.

거기 어디쯤 천변에 산 닭을 잡아서 '생닭'으로 만들어 파는 집이 있었
다. 어린 그에게 그 변신의 과정이 얼마나 끔찍했고 또 슬펐던지! 주인이
좁은 닭장에서 닭을 낚아챈다. 닭은 꼬꼬댁거릴 뿐 주인의 우악스러운
손아귀를 피하지 못한다. 주인은 닭의 모가지에 칼을 푹 한 번 찌르곤 천
변 아래 커다란 드럼통에 휙 내던진다. 그러면 밑에서 작업중인 또다른
어른이 뜨거운 물에 휘휘 저은 다음 곧바로 털을 뽑기 시작한다. 그것이
끝이다. 말하자면 천변 위아래가 생과 사의 갈림길이었던 것. 그때만큼

---

* 이탈로 칼비노, 『보이지 않는 도시들』, 이현경 옮김, 민음사, 2007, 46쪽.

영동시장 앞길. 어린 시절 우리 가게는 지금 전봇대가 서 있는 곳 어디쯤에 있었다.

은 '천변풍경'이 소설가 박태원이 보여준 세계보다 훨씬 잔인했으니, 어린 그는 아주 오랫동안 그 끔찍한 살해의 광경을 가슴 깊이 트라우마로 담고 살아야 했다.

미나리꽝은 미나리를 길렀던 밭인데, 그가 살던 때에 이미 이름만 남아 있을 뿐이었다. 그 자리에 만홧가게가 있었다. 그때 그는 깡통으로 만든 국산 로봇 삐빠의 세계에 홀딱 빠져 살았다. 뜻밖의 화상을 입은, 그래서 코도 삐뚤고 얼굴도 일그러진 사내가 로봇으로 변신하는데, 무어 복잡할 것도 없었다. 깡통 옷만 입으면 전혀 다른 초인이 되는 것이었다. 깡통 옷은 남루한 현실을 초현실로 바꾸는 마법의 램프였다. 기억이 맞다면, 그 삐빠가 비율빈(필리핀)에 날아가서 다 지고 있던 축구 시합을 승리로 이끄는 장면도 나왔다. 아, 그때 얼마나 통쾌했던지! 훗날 월드컵에서 4강 신화를 이룰 때의 기분이 꼭 그때와 같았다.

어쨌든 개천을 사이로 서너 개의 큰 시장이 다닥다닥 붙어 있는 만큼 그곳은 사람들로 늘 북적이게 마련이다. 그것만큼은 그의 어린 시절과 조금도 달라지지 않았다.

그는 선뜻 그 인파 속으로 들어가는 대신, 아직 세월의 때를 덜 입어 모조의 혐의가 너무나 분명한 남수문 위에서 방향을 거꾸로 틀었다. 오던 길에 접한 남수동이 그만큼 깊은 인상을 남겼기 때문인데, 마지막 순간에는 성곽 아래 비탈에서 시선을 사로잡는 커다란 나무 한 그루까지 발견했다. 마침 날이 좋았다. 미세먼지를 걱정하지 않아도 좋을 파란 하늘에, 세류동 10전비(전투비행단)에서 날아올랐을 전투기가 한 줄기 하얀 항적을 남겼다. 비탈에 홀로 선 나무는 숨어이길 거부하고 스스로 환상적인 주어가 되었다. 마치 안드레이 타르콥스키 감독의 영화에나 나올 법한 나무와 파란 하늘. 그는 그 느닷없는 초현실의 진경 속으로 기꺼이 빨려들어갔다.

화성 일주를 그렇게 마무리할 수 있었던 것은 커다란 행운이었다.

비탈에 홀로 선 나무. 그래, 네가 주어土語이거늘.

남수동에 골목이 있고 나무가 있어

왕의 시장,
소년의 시장

솔직히 말하자. 그는 초등학교 6년을 하루도 빠지지 않고 개근한 범생이 중 범생이였지만, 어떻게 어떤 길로 누구와 함께 학교에 걸어갔는지조차 잘 생각이 나지 않는다. 하도 생각이 나지 않기에 어머니 기일에 모처럼 모인 식구들에게 물었다. 우선, 누나들도 좀 당황한 눈치였다. 글쎄, 그를 데리고 학교에 간 기억이 거의 나지 않는다는 것이었다. 마찬가지로 동생들도 그가 자기들을 데리고 다닌 적이 거의 없다고 입을 모았다. 심지어 막내 남동생은 초등학교 1학년 때 배가 아파서 조퇴를 하는데, 위로 줄줄이 같은 학교를 다니는 누나들과 형이 있는데도 아픈 배를 움켜쥔 채 혼자서 집으로 돌아왔노라, 말했다. 이렇게 말하면 그의 집 교훈이 '각자도생'이라거나, 혹은 식구들이 다들 이기적이고 뭔가 가정교육이 잘못된 양 여길 수도 있겠다. 실은, 지긋지긋했던 가난의 수렁을 벗어나서 이제 막 성장의 모멘텀에 올라탄 신흥 부르주아 계급의 가정이라는 점을 이해해야 한다. 집에는 먼 친척이라는 식모 할머니가 있었고, 영동시장에서 과자 도매상을 했던 아버지와 어머니는 늘 바빴다. 아버지는 서울 본사나 총판으로 물건을 떼러 가고, 여기저기 거래처로 수금을 하러 다녔다. 손님들은 차고 넘쳤다. 발안, 비봉, 서신, 사강, 팔탄, 남양, 향남, 조암, 오산, 동탄, 김량장은 물론 멀리는 여주, 이천, 평택에서까지 소매상들이 찾아왔다. 엄마는 가게 안쪽에 만든 작은 구들 위에 앉아서 돈궤를 지켰다. 그러고도 급전을 빌려 썼는지, 일수 아주머니가 내미는 손바닥만한 공책에 매일같이 도장을 찍기도 했다. 이따금 엄마가 연필을 쥐는 적이 있는데, 그때마다 꼭 침을 한번 묻힌 다음 썼다. 지금 기억해보니, 엄마가 쓴 건 글씨가 아니었다. 엄마는 엄마만 아는 기호로 새로운 문자를 만들었던 것이다. (위대하여라. 그리고 안타까워라. 세상에 하나밖에 없었을 그 문자의 세계도 이제 영영 사라지고 말았으니!―나중에는 물론 한글을 깨치셨지만.) 학교 문턱에도 가보지 못한 엄마는 그게 한이 맺혀 목숨을 걸고 자식들을 가르쳤다. 물건을 배달하는 일꾼 삼촌들과 형들은 자전거가 휘청할 만큼 높다랗게, 때로는 전깃줄에 걸리면 어떡하나 아슬아슬할 정도로 물건을 쌓고서도 그 복잡한 저잣거리를 미꾸라지처럼 잘도 누볐다. 대개 외가 쪽 일가붙이였는데, 8남매의 셋째였던 엄마는 싫은 소리 한마디 없이 찾아오는 그 모두를 품에 안았다. 남자들만이 아니었다. 여자들은 그의 집에서 살림을 거들다가 결혼하는 게 일종의 정석이었다. 그러면 엄마는 어떻게든 작은 가게라도 하나 차려서 나갈 수 있도록 뒤를 봐주곤 했다. 그중에는 멀리 하동에서 온 친척 아줌마도 있었는데, 그 아줌마는 휴가 때마다 가죽 냄새가 짙은 새 워커를 어깨에 메고 오는 수완 좋은 군인 아저씨하고 결혼했다. 아줌마처럼 이름자에 다 '순' 자를 넣었던 여동생들도 모두 그의 집을 거쳐갔다.

자, 이제 소년의 이야기를 하자.

처음 가게는 천변에 바짝 붙어 있었는데, 허름한 바라크의 반은 길가에, 반은 개천 쪽에 걸쳐 있었다. 개천 쪽은 나무로 기둥을 몇 개 세워 떠받치는 형태였다. 소년네 가게는 개천으로 내려가는 통로 같은 건 따로 두지 않았다. 하지만 어깨를 나란히 한 몇몇 가게들은 개천 쪽으로도 통로를 내고 있었다. 냉면집인지 짜장면집인지, 아니면 그 둘을 다 팔았는지 정확하지는 않지만, 주문을 받으면 주인이 그 통로 아래쪽에 대고 "짜장면 하나, 우동 하나요" 하는 식으로 소리쳤다. 소년은 침을 꼴깍 삼키면서 곧 펼쳐질 마법의 순간을 기다렸다. (그때는 단무지든 양파든 아직 식초를 쳐서 먹을 줄 몰랐기 때문에 기다리는 동안 딱히 딴 일을 할 게 없기도 했겠다.) 이윽고 가게 바닥 아래, 그러니까 개천가에 있는 주방에서 줄을 잡아당기면 딸랑딸랑 종소리가 들리고, 그러면 계산대에 앉아 있던 주인이 도르래를 끌어올리기 시작했다. 소년은 그 단순한 물리학의 매혹에 넋을 빼앗겼다. 끌끌 끌리는 소리와 함께 나무 궤짝이 눈앞에 모습을 드러낸다. 주인은 소년의 짜장면을 꺼내고, 그 자리에 대신 다른 손님이 비운 그릇을 집어넣는다. 다시, 이번에는 주인 쪽에서 줄을 잡아당겨 딸랑딸랑 종소리를 만들었다. 그러면 아래쪽 주방에서 도르래를 끌어내리고…… 종소리라고 했지만, 어쩌면 주인이든 주방에서든 손바닥으로 나무판을 탁탁 쳤을지도 모르겠다. 어쨌든 소년은 제 손으로 꼭 그 도르래를 당겨보고 싶었지만, 그런 기회는 끝내 찾아오지 않았다.

영동시장 초입에 자리를 잡고 있던 공설 이발관과 목욕탕은 소년이 중학교에 들어가면서부터는 가본 기억이 나지 않는다. 어쩌면 생각보다 훨씬 더 일찍 문을 닫았을지도 모른다. 공설 이발관에 대해 소년은 안 좋은 기억을 갖고 있었다. '공설' 자가 붙은 이상, 묵은쌀에 바구미 꾀듯 손님이 바글바글한 건 당연했다. (정작, 공설 이발관의 '공설'이 어디를 가리키는지 몰랐다. 막연히 수원시에서 하는 것이겠지 했는데, 그 주체가 영동시장 의용소방대라는 뜻밖의 증언이다. 시장에 워낙 불이 자주 나 의용소방대가 설치되었는데, 그 비용을 충당할 목적으로 개설했다나.*) 아치형으로 생긴 정문 매표소에서 표를 끊어주는데, 2층으로 올라가면(1층은 목욕탕) 누가 도떼기시장 아니랄까봐, 그 넓은 실내가 애들과 사람(어른)들로 그득했다. 가운을 입은 이발사들은 의자마다 달라붙어서 정신없이 바리캉을 놀리고 가위질을 하고 '찍구'(포마드)를 발랐다. 한쪽 구석에는 머리를 감겨주는 세면대가 있었다. 그곳을 담당하던 '전문 요원'들은 애고 사람이고 하나같이 두피 위생보다는 순간적인 쾌락을 기꺼이 선택한다는 사실을 익히 알고 있었다. 그리하여 처음에는 손으로 머리를 좀 간지럽히다가, 머리를 내맡긴 애나 사람이 가려워 몸을 비틀거나 "아, 좀 거 시원하게 긁어봐" 하는 소리라도 낼라치면 그 즉시 비장의 무기=솔을 대령했다. 솔도 솔 나름이지, 그건 개천에서 빨래를 할 때, 혹은 마소

---

* 박상풍, 「역사 깊은 공신이발관」, 『알뜰살뜰 수원상인』, 수원문화원, 2016.

의 등이나 엉덩이에 달라붙은 똥 딱지를 긁어낼 때 대패처럼 쓸 물건이
었으리라. 문제는 가장 중요한 바리캉과 가위에도 있었다. 손님들이 애
사람 할 것 없이 길게 줄을 서서 시도 때도 없이 독촉하는 상황임을 감안
할 때, 어쩌면 최소한의 위생 관념조차 사치였는지 모른다. 그곳을 들락
거리는 애들 중에는 유난히 기계충(백선증)에 걸려 뻥 뚫린 구멍을 훈장
처럼 달고 다니는 경우가 적지 않은 것도 그 때문이었다. 사실 그따위
'빵구'에 대해서는 애나 사람이나 이발사나 동장이나 시장이나 아무도
신경쓰지 않았다. 그건 시간이 흐르면 어떻게든 때워지게 마련이었다.
물론 기름 먹일 여유도 없이 낡은 바리캉을 하루종일 사용하다보면, 언
젠가 더 큰 사달이 일어날 것은 불 보듯 뻔한 일이었다. 그리고 그 처참
한 희생자가 바로 소년이었던 것. 나중에 청년이 되고 어른이 된 소년은
참사 당일의 상황을 어제 일인 듯 똑똑히 기억한다. 이발사는 등받이보
다 키가 작은 소년을 위해 의자 팔걸이에 나무 깔개를 걸치는 것으로 자
신의 일을 시작했는데, 어째 소년을 번쩍 들어 그 위에 앉힐 때부터 조짐
이 좋지 않았다. 소년은 엉덩이가 아프다고 말 한마디 할 수 없었다. 애
들은 이발사의 '밥'이었다. 아마 이제 막 사환에서 승격한 초짜 이발사
의 경우 부족한 실력을 애들을 상대로 부지런히 갈고닦았을 것이다. 어
쨌거나 소년은 이발사에게 괜히 툴툴거렸다가 꿀밤을 얻어먹은 친구들
의 이야기를 수도 없이 들어왔다. 이발사들 역시 5·16 이후 경제 개발
계획과 더불어 막 전개되기 시작한 산업 사회의 문턱에서 어떠한 견제
장치 없이 과도한 노동에 시달리고 있었는데, 그런 사실을 알든 모르든
아직 사람이 되기 전의 애라면 그저 조용히 인내의 시간을 보내는 것이

수원박물관 안 상설전시실. '예쁘다 양장점'도 내 동창네 가게였다.

어러모로 유리했다. 그러나 그날 소년은 정말이지 억울했다. 머리를 깎는 동안 몸 한번 움찔하지 않았지만 기어이 그런 횡액을 당하고 말았던 것이다. 아차 하는 순간이었다. 바리캉은 소년의 앞머리, 그것도 맨 앞쪽 한복판에 대롱대롱 매달려 있었다. 소년이 이게 뭐지 하는 순간, 이발사는 하루에도 몇 번씩 그런 일이 일어난다는 듯 태연히 바리캉을 이리저리 움직여보는 것이었다. 기름 한 방울 먹지 못한 바리캉은 소년의 귀중한 앞 머리카락을 조개처럼 꽉 문 채 도무지 입을 벌릴 생각이 없었다. 그때마다 바늘로 찌르는 듯 아팠지만, 소년은 외려 야단을 맞을까봐 울음을 속으로 삼켜야 했다. 사태가 끝났을 때, 소년의 앞머리에는 1원짜리 동전만한 구멍이 뻥 뚫려 있었다. 이발사는 마치 일천구백육십몇 년 그해에 동서를 막론하고 전세계적으로 그런 일은 무시로 일어나게끔 되어 있다는 듯 너무도 태연히, 너무도 자연스럽게 소년을 바닥으로 내려준 다음, 서둘러 "다음 사람" 하고 말했다. 그래도 장차 어떤 종류의 '사람'이 될지 아직 짐작할 수 없던 소년은 선뜻 자리를 뜰 수 없어 주춤거렸다.

"저, 이……"

"짜식, 금방 자라."

"그, 그래요?"

"넌 속고만 살았니?"

차라리 속고 살았다고 말했어야 하지만, 뭐 그래도 이미 엎질러진 물이었다. 소년은 그 상태로 집에 갔는데, 아무도 소년의 머리에 난 구멍에 신경쓰지 않았다. 시장에서는 어머니도 아버지도 삼촌들도 형들도 다

바빴고, 소년의 누나들과 동생들 또한 집에서 골목에서 저마다 다 바빴다. 시간이 흐르자 소년 역시 그 구멍에 대해서 크게 신경쓰지 않았다. 까짓 구멍은 작고 세상은 넓었다. 그리고 세상에는 신경써야 할 일이 지천으로 널려 있었기 때문이다.

영동시장은 팔달문시장(남문시장), 지동시장, 미나리꽝시장, 못골시장 등과 더불어 수원의 중심 상권을 형성하고 있다. 언제부턴가 이 시장들을 통틀어 '왕의 시장'이라고도 부르기 시작했다. 처음에 그는 아무리 정조대왕의 자취가 두드러진 수원의 마케팅 전략이라손 치더라도, 과장이 좀 심하다는 느낌이었다. 그렇지만 이래저래 공부를 하고 난 지금, 그런 명명이 결코 과장이 아님을 알게 되었다.

정조는 화산에 아버지의 묘를 옮기기로 결정하면서 당시 그곳 구읍치에 있던 백성들을 팔달산 아래 지금의 행궁 주변으로 이주시킨다. 그와 더불어 신읍치가 이른 시간에 도시로서 제 면모를 갖출 수 있게 시장을 조성하기로 결정한다. 이를 위해 종로 거리에 입색전(비단), 어물전, 목포전(무명과 목화), 염급 상전(소금과 각종 상), 미곡전(쌀), 유철전(놋쇠와 유기), 관곽전(관), 지혜전(종이와 신발) 등 여덟 종류의 시전市廛을 설치했다. 이는 서울의 육의전을 제외하면 전국에서 유일한 상설 시장이었다. 정조는 수원 부사 조심태의 건의를 받아들여 특히 수원 사람들 중에서 밑천이 좀 있고 장사 의욕과 능력을 지닌 이들에게 특권을 나눠주되, 국고에서 6만 5천 냥이라는 거금을 무이자로 빌려주어 그들이 최대한 빨리 자리잡을 수 있도록 도와주었다. 북수동 성당 앞 종로 사거리가 바로 그 시전 자리로서, 기록은 그곳을 '팔부자 거리'라고도 부른다. 여덟 종류의 시전이 운영되어서 그런 이름이 붙었을 것이다. 그는 종로 거리를 풀방구리에 쥐 드나들 듯 돌아다녔지만 과문한 탓인지 한 번도 그런 이름을 들어본 적은 없었다.

남문의
시간

영동시장을 벗어나면 곧바로 청년의 시간이 시작된다(휘청거리던 사춘기의 시간은 어차피 서울의 낙골 산동네에 남겨두었으니까.) 그러니까 시장에서 보아 왼쪽으로 금성라사, 오른쪽으로 백화점 약국을 잇는 경계선이 시간의 단층대였다. 용돈을 들고 시장통을 요리조리 누비던 아이는 남문 정류장 쪽으로 한 발짝 내딛자마자 주변을 의식하며 머리부터 매만진다. 빗 같은 것은 쓰지 않지만, 눈썹 위로 흘러내리는 긴 머리카락을 손가락 사이에 넣고 위로 한번 추켜올리는 수고를 잊지 않는다. 〈겨울여자〉에서 배우 김추련이 하던 동작이었다.

대학생이 된 그가 제일 먼저 한 일은 몇 가지 기본적인 지식을 암기하는 일이었다. 물론 '국민 교육 헌장'이나 국민투표에서 '압도적 찬성'(투표율 91.9%, 찬성 91.5%)을 기록하며 통과된 '유신헌법' 전문 같은 건 아

내 어렸을 때는 이렇게 번듯했던 적이 한 번도 없었다. 그래도 '남문'은 늘 남아 있었다.

니었다. 청년은 우선 에릭 클랩튼을 필두로 세계 4대 기타리스트를 외워야 했는데, 비비 킹을 집어넣을지 말지 하는 것 자체가 문제의 소지가 있었으므로, 그냥 처음부터 넷이 아니라 다섯 명의 이름을 외워버리는 일이었다. 사실 세계 4대 기타리스트만 달랑 혀에 올리는 것보다 그 편이 조금 더 근사해 보이기도 했다.

"근데 말이지, 지미 페이지 대신 비비 킹을 넣는 치들도 있긴 있어. 그러니까 그 친구들은 에릭 클랩튼, 지미 헨드릭스, 제프 벡에 비비 킹을 넣어야 한다는 거지. 뭐, 그래도 레드 제플린의 지미 페이지를 뺄 수야 없지 않겠어?"

물론 그때 청년은 천하의 지미 페이지가 가령 〈스테어웨이 투 헤븐〉을 연주할 때 하나는 열두 줄, 다른 하나는 여섯 줄의 기타 두 대를 이어 만든 이른바 쌍기타를 연주했다는, 그래서 도입부 전개는 고전적인 아르페지오의 풍성함을 살리고, 기타 솔로와 후반부의 반전 부분은 공격성을 살렸다는 해석 같은 건 전혀 알지도 못했다. 뭐, 직접 봤어야 말이지, 그때만 해도 음악은 듣는 거지 보는 게 아니었다. 고백하지만, 청년이 〈파리지앤 워크웨이즈〉와 〈스틸 갓 더 블루스〉의 게리 무어를 알게 된 것도 수십 년 세월이 흐른 뒤였다.

남문 옆 한일다방은 ('팝'이 아니라) '팝 지식'의 치열한 경연장이었다. 거기선 호모사피엔스의 뇌가 꽉 차고 말고에는 아무도 관심 없었다. 어두침침한 조명 속에서도 남에게 어떻게 보이는가, 즉 외화外華가 가장 중요한 가치이자 덕목이었다. 한마디로 '폼'이 없으면 제아무리 서울대학교를 다녀도 소용없었다. 가령 디제이에게 음악을 신청할 때, 사이먼 앤

가펑클의 〈사운드 오브 사일런스〉나 〈코닥 크롬〉 같은 곡은 무난했지만, 어깨에 힘을 줄 정도는 아니었다. 기껏 카펜터스의 〈탑 오브 더 월드〉 같은 이지 리스닝 계열이나 존 덴버의 〈테이크 미 홈 칸츄리 로드〉 같은 컨트리 송만 적어 내서는 체면이 깎이게 마련이었다. 디제이는, 손님이 없는 시간이 아니라면, 다방 수준 떨어진다고 거들떠보지도 않았을 것이다. 입학한 지 채 한 달이 안 된 청년 또한 그런 사실을 쉽게 깨달았다. 중이염을 앓았던데다가 워낙 듣는 귀마저 없던 그로서는 한창 한일다방을 애용하던 시절 킹 크림슨의 〈에피타프〉나 레인보우의 〈템플 오브 더 킹〉, 하루에 열 번 스무 번을 들어도 질리지 않는 레드 제플린을 신청하는 정도로 만족해야 했다. 청년은 이따금 독일계 밴드 크라프트베르크의 〈라디오 액티비티〉 같은 곡도 신청했지만, 고장난 비파괴 검사기나 잘못 엎어놓은 수화기처럼 단조로운 기계음만 토해내는 그런 종류의 노래 역시 장발의 디제이에게서 환영받지 못했다. 적어도 오티스 레딩의 〈아이브 빈 러빙 유 투 롱〉이나 벤 E. 킹의 〈스탠드 바이 미〉 정도의 수준에 오르기 위해서는 더 많은 시간이 필요했다. 실은, 청년이 얼떨결에 사귄 어떤 여자애가 알려주지 않았더라면, 오티스 레딩과 같은 고품질은 언감생심이었을 것이다. 처음부터 "하빈 러빙 유……" 하고 치고 들어가는 젊은 레딩의 저 도저한 자신만만이라니!

하드 록은 폼이야 월등해도 아직 선뜻 귀에 다가오지 않았다. 딥 퍼플은 예외였지만.

한일다방이 1960년대 이후 전세계·청바지 세대를 사로잡은 팝과 록의 성지였다면, 팔달산 초입의 와이하우스는 클래식의 메카였다. 청년은 작은누나에게서 대학생이 되면 와이하우스 같은 데도 들락거려야 한다고 들었는데, 아닌 게 아니라 서울로 통학하는 대학생들이 한데 모이는 전철 칸(앞에서 세번째 차량)에서는 심심찮게 와이하우스의 이름이 입에 오르내리고 있었다. 소문은 두 갈래였다. 하나는 거기 굉장히 고상하고 아름다운 여인이 있다는 것. 다른 하나는 그 여인의 사생활에 관한 것. 청년같이 시장통에서만 굴러먹은 상인 계급의 아들에게는 그 소문을 확인하는 절차가 생각보다 꽤 까다로웠다. 우선 청년은 클래식의 '클' 자도 몰랐다. 구천동이든 지동이든 그의 집에서는 그런 음악을 거의 들어본 적이 없었다. 누나나 여동생이 방안에서 몰래 들었는지는 몰라도, 적어도 그의 귀는 스무 살이 다 되도록 클래식이라곤 "빠바바 방", 베토벤의 〈운명 교향곡〉 첫 마디 정도밖에 기억하고 있지 못했다. 그는 어디 가서 그런 사정을 털어놓을 수도 없었다. 한마디로 그건 딥 퍼플의 1968년 처음 결성 당시 멤버 이름이나, 스물일곱 살에 죽은, 그중에서도 'J'로 시작되는 이름을 지닌 아티스트들, 즉 지미 헨드릭스, 짐 모리스, 제니스 조플린을 자동판매기처럼 줄줄 답하지 못하는 것만큼이나 위신 서지 않는 일이었다. 청년은 와이하우스에 가기 위해서라도 클래식이 무엇인지 알아야 했다. 그러나 그 시절에는 인터넷도 뭣도 없었다. 클래식 CD가 수천 장이라는 시인 김정환 선배를 만나 조언을 구하려 해도, 청년은 학교를 졸업하고도 실천문학사에 입사할 때까지 시간이 필요했다. 문학평론가인 외우 김명인군이 클래식 마니아라는 사실, 그것도 남들 앞에서 브람스를 소개할 정도로 어떤 경지에 있다는 사실을 알게 되는 것도 먼

훗날의 일이었다. 수원에도 훗날 『옛 그림 읽기의 즐거움』을 펴내 미술
사가로 이름을 떨치게 되는, 당시에는 서울대 동양사학과에 다니고 있
던 오주석 형이 한 경지라는 입소문이 퍼져 있었다. 청년은 딱 한 번 친
구들하고 함께 집을 찾아가 문을 두드렸는데, 그 형은 헤드폰을 끼고 음
악을 듣느라고 문을 열어주지도 않았다. 이래저래 그는 독학으로 그 험
난한 고전 음악의 세계에 입문해야 할 판이었다.

어느 날 청년은 남문 버스 정류장 옆을 지나던 제 발길을 자주 멈추게
만들었던, 그래서 5백 원을 주고 〈그레이트 히트 송 메들리〉 〈세계의 팝
뮤직 베스트〉 같은 '싸고 양 많고 질 좋은' 다이제스트 '빽판'을 사곤 했
던 레코드 가게에 들어가 용기를 내어 뭣 좀 아는 척 물었다.

"베토벤 뭣 좀 새로 나온 거 없나요?"

훨씬 훗날 청년은 그 순간을 이따금 떠올리면 얼굴이 절로 화끈거리게
되는데, 그래도 그때 착한 주인은 첫눈에 클래식과는 담을 쌓고도 잘살
아왔을 그 같은 애어른들을 어떻게 다루어야 하는지 잘 알고 있었다. 그
는 입가에 옅은 미소를 띠면서 청년에게 한 장의 베토벤을 권해주었다.

"뭣 좀 새로 나온 베토벤이라…… 〈크로이처〉 같은 것도 괜찮겠지."

그게 난생처음 청년이 제 손으로 산 클래식 음반이었다. 〈스프링〉과
〈크로이처〉가 함께 들어 있는 판이었다. 그날부터 청년은 베토벤 바이
올린 소나타의 광팬이 되었다. 그 말인즉슨, 음악을 '국민 교육 헌장' 처
럼 외자고 달려들었다는 뜻이다. 집에는 아버지가 유성기를 위해 사둔
남인수나 현인, "인천 앞바다에 사이다가 떴어도 곱뿌가 없으면 못 마십
니다" 하고 약을 살살 올리는 살살이 서영춘의 만담, 그리고 배뱅이 이

남창동 거리.

은관의 〈배뱅이굿〉 같은 건 몰라도 클래식 판 같은 건 도무지 있을 턱이 없었기 때문에, 청년은 줄곧 그 판만 들었다. 그래서 나중에는 적어도 그 두 곡에 대해서만큼은 제법 '문리'가 틔게 되었고, 그러자 이제 와이하우스에 진출해도 되겠다고 스스로 용기를 낼 수 있었다.

와이하우스는 2층에 있어, 서울 동숭동의 학림다방처럼 삐걱거리는 나무 계단을 올라가야 했다. 청년은 그때의 소소한 흥분을 수십 년이 지난 지금도 기억한다. 삐걱삐걱 소리가 날 때마다 그때까지 몰랐던 어떤 미지의 영역에 그만큼 더 다가서는 거라고 생각했다. 그는 갓 스무 살이었다. 그리고 아직 리영희 교수의 『전환시대의 논리』라든지 『자구발(자본주의의 구조와 발전)』을 읽기 전이었고, 당연히 모리스 돕과 폴 스위지가 벌인 자본주의 이행 논쟁을 접하기 전이었다. 『꽃과 십자가도 없는 무덤』조차 읽지 못했을 때였으니, 손에는 아마 또 카뮈를 들고 있었을 것이다. 그건 청년이 비록 18세기 동아시아의 다 허물어진 성/벽 아래 살고 있어도, 마음만 먹으면 언제든 지중해의 따사로운 봄볕을 온몸에 받을 수 있다는 뾰족한 자부심의 원천이기도 했다.

봄철에 티파사에는 신들이 내려와 산다. 태양 속에서, 압생트의 향기 속에서, 은빛으로 철갑을 두른 바다며, 야생의 푸른 하늘, 꽃으로 뒤덮인 폐허, 돌더미 속에 굵은 거품을 일으키며 끓는 빛 속에서 신들은 말한다. 어떤 시간에는 들판이 햇빛 때문에 캄캄해진다. 두 눈으로 그 무엇인가를 보려고 애를 쓰지만 눈에 잡히는 것이란 속눈썹 가에 매달려 떨리는 빛과 색채의 작은 덩어리들뿐이다.*

그러니까 청년은 솔직히 수원처럼 낡고 밋밋한 소도시에서 아까운 청춘을 낭비할 한미한 존재는 아니었다. 그게 언제일지 모르지만, 그는 온몸을 감싸는 햇볕이 고스란히 자유를 의미하는 '그곳'을 향해 하루빨리 구질구질한 '이곳' 동아시아를 떠야 했다. 청년은 틈만 나면 중얼거렸다. 오, 봄날 티파사여! 나의 티파사여! 그리고 그 '나'는 이제 곧 김수영과 '평균율' 동인(마종기, 김영태, 황동규)을 입에 달고 살 문학청년이 아닌가.

　　나는 한 여자를 사랑했네. 물푸레나무 한 잎같이 쬐끄만 여자, 그 한 잎
　　의 여자를 사랑했네…… 바람이 불면 보일 듯 보일 듯한 그 한 잎의 순결과
　　자유……**

그때 아직 청년은 계단 꼭대기에 어떤 세상이 도사리고 있는지 몰랐지만 크게 두렵지는 않았다. 심호흡을 했다. 나무 계단은 줄리앙 소렐이 레날 부인의 침실에 가기 위해 세워놓은 사다리였다. 그는 서둘러 계급의 사다리를 갈아타야 했다. (노동자들의 팝이여, 안녕. 나는 오늘 귀족 계급의 클래식행이다, 야호!) 친구들이 놀러오면 "너희들 왔니?" 미소를 띠며 반갑게 맞아주고 이윽고 난생처음 보는 서양 요리=오므라이스를 접시에 예쁘게 담아 내주는 대신, "옜다. 이거 먹으면서 놀아라" 하고 마룻바닥에 사과 몇 알을 굴려주던 시장통 엄마의 세계로부터 벗어나는 것.

---

* 알베르 카뮈, 『결혼, 여름』, 김화영 옮김, 책세상, 1987, 19쪽.
** 오규원, 「한 잎의 여자」 부분, 『한 잎의 여자』, 문학과지성사, 1998.

어렸을 적 유난히 병약한 장남을 살린답시고 어린 그의 머리 위에 바가지를 씌우고, 울긋불긋 귀신같은 옷을 입은 무당이 폴짝폴짝 뛰면서 쟁강쟁강 긴 칼을 휘두르며 훠이훠이 그의 눈앞에 소금을 뿌리던 미신의 세계로부터 벗어나는 것. 사돈의 팔촌을 뒤져봐도 하다못해 미국으로 유학은커녕 이민 간 사람조차 하나 없는 깜깜한 동양적 저개발의 세계로부터 벗어나는 것. 그것이 대학생, 그것도 외국어를 전공하는 대학생이 된 그가 세운 첫번째 생의 목표였다. 청년은 음력 생일이 싫었고 구정이 싫었다. 엄마의 절도 싫었다. 그런 것들은 한마디로 구질구질했다. 청년은 네덜란드가 세계 도처에 식민지를 거느렸다는 사실 같은 건 고려하지도 않고 네덜란드어과에 들어갔다. 단지 예쁜 튤립과 깜찍한 풍차와 장발의 스트라이커 요한 크라이프 때문에 학과를 선택했다, 고 해도 틀린 말이 아니었다. 청년은 자신의 엄마가 가게에서 전대를 차고 있다는 사실을 새로 만나는 친구들에게, 더군다나 여자애들에게는 들키지 말아야 했다. 할아버지 할머니가 머슴과 다름없는 소작농이었다는 사실이야 태곳적 신화 같은 일이니 아무래도 상관없다고 쳐도, 아버지 어머니가 장사를 한다는 사실, 그것도 하필이면 과자 가게라는 사실을 굳이 드러낼 필요는 없었다. 가게도 가게 나름이지, 책방이나 음반점, 꽃가게까지는 바라지 않아도 하필이면 과자 가게라니! 청년은 자신이 여간 노력하지 않으면 과자나 사탕, 껌이나 '미루꾸', '오꼬시' 같은 것들에 달라붙는 유치한 평판에서 벗어나는 일이 쉽지 않을 거라는 불안감에 꽤나 시달리곤 했다. (아니, 나, 과자 아냐. 케이크야. 초콜릿이야. 바게트야.) 그런 만큼 한일다방 대신 와이하우스에도 19세기 강화도 앞 이양선처럼 자주 출몰하는 것, 그리하여 그때까지 자신이 몰랐던 인문주의와 교양의 새 영토에 발을 딛는 것은 반드시 거쳐야 할 통과의례였다.

청년은 Beethoven. Violin Sonata. No.9. Op.47. Kreutzer를 머릿속으로 복기하면서 와이하우스의 마지막 나무 계단을 올랐다. 그리고 그날, 그는 소문처럼 우아한 한 여인―그 여인은 서구적이라기보다 쪽 찐 머리를 해서 오히려 더 우아해 보였다―이 날라다주는 커피를 마시면서, 이제나저제나 자신이 아는 유일한 베토벤을 신청할 순간을 기다렸지만 차마 용기를 내지는 못했다. 커피는 쓰기만 했고, 어둑한 실내를 가득 메운 음악은 혈기 방장한 청년의 두 눈을 스르륵 감기게 만들었다. 창가에 앉은 청년은 창문을 활짝 열어 햇살이 폭포처럼 쏟아지게 하고 싶었다. 고백하건대, 청년은 그뒤로 기껏 몇 번 더 와이하우스를 찾았을 텐데, 그러고도 평생 그곳이 마치 제 '호우 시절'의 아지트인 양 떠벌리고 다녔다.

단비는 때를 알고
이 봄, 모든 걸 피어나게 하네.*

양심의 가책 같은 건 느끼지 않았다. 어차피 소설가가 되어야 할 운명을 지니고 태어난 청년에게 그 정도의 객기나 과장은 충분히 용납되어야 한다고 생각했으니.

---

* 두보, 「춘야희우春夜喜雨」 중에서.

초등학교 동창 옥이를 다시 만난 게 와이하우스였는지 한일다방이었는지는 잘 기억나지 않는다. 하여간 여전히 예뻤고, 여전히 설렜다. 만난 그 첫날부터 일기의 히로인이 되었다. 함께 연극도 봤고, 학과 쫑파티에도 데리고 갔다. 〈베르나르다 알바의 집〉을 그래서 그가 알고, 〈빨간 피터의 고백〉을…… 아니다, 그건 딴 여자일 수 있다. 확실한 것만 쓰자. 그래도 청년은 여자애들보다는 카뮈가 폐결핵을 앓아 알제대학을 중퇴했다는 사실, 종친 할아버지 이상(강릉 김씨 해경)도 폐결핵 환자였다는 사실에 더 흥분했다.

나도 곧 그렇게 되리라.

폐결핵을 앓고 작가가 되리라.

발자크, 에밀리 브론테, 조지 오웰, 도스토옙스키, 안톤 체홉, 프란츠 카프카, D.H. 로렌스, 나도향, 김유정, 이효석, 채만식……

(그러나 청년은 『마의 산』을 쓰기 위해 토마스 만이 직접 결핵에 걸릴 필요는 없었다는 사실 같은 건 알고 싶지도 않았다.)

청년은 폐결핵을 앓기 위해 부지런히 술을 퍼마셨다. 마시고 토했고, 토하고서 또 마셨다. 이문동 할머니집 앞 골목에서 토했고, 남영역에 잠깐 내려서 토했으며, 수원역에 내려서는 속에 있는 마지막 것까지 긁어서 또 토했다. 그럴라치면 기다렸다는 듯 소화 기관을 전부 훑으며 올라오는 쓰린 신물에 진저리를 쳤고, '총화단결 간첩신고는 113' 선전탑 앞에서 멍하니 하늘을 쳐다봤고, 통금은 위수령처럼 다가왔고, 그는 고등동 창녀촌 옆길로 해서 비틀비틀 한없이 걸어 가까스로 집을 찾아 기어들어갔다. 걷는 동안, 쇼윈도 붉은 조명 아래, 창녀들이 푸줏간에 걸린

고기처럼 앉아 내보이던 무표정하던 표정이 내내 떠나지 않았다. 슬픔도 아니었고, 분노도 아니었다. 한 가지는 분명했다. 어떤 말로도 쉽게 규정할 수 없는 감정이 쓰나미처럼 몰려오고 있었다.

창녀촌 옆으로,

새벽 무성한 교회 십자가들 너머로,

아버지—민중의 외도와 엄마—민중의 기함氣陷 사이로.

청년은 곧 이성복이라는 시인을 알게 된다. 그는 신인이었지만, 마치 한 백 살쯤 먹은 노시인처럼 시를 썼다. 그는 "그해 가을 나는 세상에서 재미 못 봤다는 투의 말버릇은 버리기로 결심했지만 이 결심도 농담 이상의 것은 아니었다"라고 시작하는 시를 썼다.

(……) 그해 가을 나는 어떤 가을도 그해의 것이 아님을 알았으며 아무것도 미화시키지 않기 위해서는 비하시키지도 않는 법을 배워야 했다

아버지, 아버지! 내가 네 아버지냐

그해 가을 나는 살아온 날들과 살아갈 날들을 다 살아버렸지만 벽에 맺힌 물방울 같은 또 한 여자를 만났다

그 여자가 흩어지기 전까지 세상 모든 눈들이 감기지 않을 것을 나는 알았고

그래서 그레고르 잠자의 가족들이 매장을 끝내고 소풍 갈 준비를 하는 것을 이해했다

아버지, 아버지…… 씹새끼, 너는 입이 열이라도 말 못해

그해 가을, 가면 뒤의 얼굴은 가면이었다*

남문의 시간

그리하여 그해 가을은 너무나 분명하게 '매독 같은 가을' (최승자)이었고, 청년은 더이상 고전 음악 감상실 같은 데는 들르고 싶어도 들를 수 없게 되었다. 정말이지 그 가을엔 나라도, 헌법도, 대통령도, 이 땅의 아버지들도 할말이 없어야 했다.

---

* 이성복, 「그해 가을」 부분, 『뒹구는 돌은 언제 잠 깨는가』, 문학과지성사, 1980.

화성행궁,
기억과
기록 사이를
걷다

이제 화성행궁을 걸어야 한다.

지금은 수원 화성의 중심 혹은 출발지처럼 자리잡았지만, 그는 물론 수원 사람들 어느 누구도 화성행궁이 오늘날 이런 장관으로 전개될 줄은 쉽게 예상하지 못했을 것이다. 더 솔직히 말하자. 사회 과목 성적도 제법 좋은 축이었지만, 그는 행궁이 무엇이고 어디에 있는지조차 잘 몰랐다. 가르쳐주는 이도 없었고, 그 또한 딱히 알아야 할 필요성 따위를 느끼지 못했다. 그저 신풍학교 옆에 오래된 옛집 같은 게 있긴 있다더라, 하는 풍문이 힘없이 돌아다닐 뿐이었다. 지금이야 종로 사거리 큰길에서 시원하게 뚫린 광장을 통해 행궁의 출입문 격인 신풍루를 마주볼 수 있지만, 그렇게 정비되기 전에는 지붕 낮은 여염집들이 빼곡한 주택가였다. 그러던 것이 지방자치제가 본격화되면서 민선 시장이 등장하고, 또 언제부턴가 화성 복원이 언급되기 시작했다. 그러거나 말거나 그는

화성행궁 담장 너머 벚꽃.

서울외곽순환도로 주변을 빙빙 돌면서 입에 풀칠하느라 늘 허덕거렸다. 광명, 철산, 역곡, 원당, 일산, 석수, 부천, 통진, 김포 등 이삿짐을 푼 어디에서도 그는 개과천선하지 않았고 일확천금도 없었다. 어느 날 그는 수원에 내려왔다가 모처럼 시내에 들를 마음을 먹었다. 자신이 쓰는 소설에 어떻게든 지난 시절의 기억을 되살릴 필요가 있었기 때문이다. 사실 수원에 내려온다고 해도 그는 광교저수지 앞 아파트에 사는 부모님만 찾아뵙고는 도로 횡하니 올라가곤 했다. 어쩌다 옛날 생각이 나면 집 가까이 화홍문 쪽이나 들르는 게 고작이었다. 거짓말처럼, 시내 쪽으로는 발길을 돌리는 적조차 드물었다. 그런 그의 무관심을 비웃기라도 하듯, 바로 그 어느 날, 새삼 찾아 나선 수원 시내는 전혀 예상치 못한 모습으로 그의 기억을 강타했다. 북문 한쪽을 막아서 서문에서 내려오는 성곽을 이은 사실은 진작 알고 있었다. 하지만 차를 끌고 그곳에 가본 적은 없었기에 하마터면 낭패를 볼 뻔했다. 집에서 보훈청 사거리, 수원북중 앞을 지나 남문 쪽으로 가려면 당연히 북문을 끼고 크게 돌아 좌회전을 하는 게 상식이었다. 그런데 이게 어찌된 일인가. 앞차가 갑자기 북문 못 미친 지점에서 작게 원을 그리며 좌회전을 하는 것이었다. 어어, 저대로 가면 마주오는 차와 부닥칠 텐데…… 그는 깜짝 놀라 잠시 멍한 상태로 바라보다가 기어이 뒤차에게 야단을 맞고 말았다. 나중에 알았지만, 북문 한쪽을 이은 다음부터는 그런 식으로, 즉 한쪽 2차로를 막고, 나머지 2차로만으로 상하행선을 함께 사용하게 되었던 것이다. 목적은 단 하나, 그렇게 해야 북문, 즉 장안문을 행인이나 관광객들에게 돌려줄 수 있을 터였다. 솔직히 그렇게 되기 전까지는 그 또한 북문을 직접 제 손으로 만진 적이 있던가 싶게, 그동안 북문은 철저히 차들의 차지였다.

북문에서 남문을 일직선으로 잇는, 수원을 대표하는 도로를 이제 '정조로'라고 부르는 모양이었는데, 그것 역시 뭔가 느낌이 이상했다. 곧 이유를 알게 되었다. 가로수 때문이었다. 길 양쪽의 양버즘나무 가로수는 하나같이 백설기나 시루떡처럼 네모반듯하게 다듬어져 있었다. 그는 입이 쩍 벌어졌다. 이게 뭐지? 분명히 멋을 낸다고 한 짓이겠으니 더욱 한심했다. 나중에 알고 보니, 파리 샹젤리제 거리의 조경을 참고한 것이라 한다. 거기서 가로수를 이렇게 깎아놓으니 개선문이 훨씬 잘 보였다나? 보는 눈에 따라 다르겠지만, 남의 옷을 입힌 듯 영 어색했다. 수원을 찾는 관광객들의 눈길을 한 번이라도 더 끄는 데에는 효과가 있을지 몰라도, 방식이 꼭 그래야 했을까 하는 아쉬움은 쉽게 가시지 않았다.

더 큰 충격은 남문을 저만큼 앞에 두고 종로 사거리에 들어섰을 때였다. 그는 뭔가 옆구리가 허전했고, 또 뭔가 낯설었다. 마치 수원 아닌 다른 어떤 도시를 지나는 듯한 기분이 들었다. 그는 단번에 그 엄청난 변화를 알아차리지는 못했을 것이다. 그래도 뇌리를 스치는 무엇이 있었을까. 남문에서 차를 돌려 다시 오던 길을 되짚었을 때, 그제야 제 지난 시간의 익숙한 풍경을 몰아낸 것의 정체를 눈에 담을 수 있었다.

텅 빈 광장!

그때 그의 처음 감정은 분노였다. 화가 났다. 딱히 이유를 찾을 수는 없었지만, 아마 그건 충분히 눈에 그려볼 수 있는 마구잡이식 개발에 대한 분노 같은 것이었겠다. 그는 곧 그런 분노의 상당 부분이 어떤 예고나 허락도 없이 자신의 시간, 자신이 간직해온 시간의 질서를 흩뜨려놓은

파리 샹젤리제를 벤치마킹했다는 정조로의 가로수. 근데 내 눈에는 어째서 '바리캉' 만 떠오르는지.

데 대한 짜증 같은 것이었음을 확인했다.

얼마 후 그는 차를 화성행궁 주차장에 대놓고 그 속으로 들어갔다. 거기 어디에서도 도립병원을 찾을 수 없었다. 도립병원 근처에 있던 경찰서도 흔적조차 없었다. 지난 시절의 이정표들이 사라지자 그토록 익숙하던 기억들마저 마치 처음부터 없었던 양 시치미를 뚝 떼기 시작했다. 예컨대, 성빈센트병원이 생기기 전까지 도립병원은 수원에서 가장 큰 병원이었다. 간호사를 양성하는 전문학교까지 갖추고 있었다. 신입생들은 날을 잡아 나이팅게일이 되기 위한 각오를 다지는 의식을 치렀다. 그때가 되면 제아무리 왈가닥 루시라도 어둠을 밝히는 촛불처럼 경건해진다는 소문이 돌았다. 도무지 경건함 따위하고는 거리가 멀었던 그를 포함한 젊은 수컷들은, 그처럼 경건한 의식에 참가했던 여자애들이 그 이튿날이면 미팅을 하기 위해 전혀 다른 얼굴로 좁디좁은 수원 시내에 우르르 몰려나올 거라고는 쉽게 상상할 수 없었다. 어쨌거나 그 도립병원이 사라졌다면, 그 여자애들은 다 어디로 갔단 말인가. 기억이 그처럼 야비했다. 그는 자신이 수원에서 길을 잃어버렸다는 사실을 믿을 수 없었다. 인정할 수도 없었다. 대서소를 하던 종근이네 집이 어디쯤이었는지, 그는 광장의 텅 빈 신체를 빙빙 맴돌 뿐이었다. 그는 곧 찾기를 포기했다. 그것은 초등학교를 막 졸업한 그가 종근이네 집에서 과외 공부를 할 때 난생처음 구경하는 펜맨십 공책에, 난생처음 손에 쥔 펜으로, 난생처음 잉크를 찍어서, 난생처음 알파벳 대문자 소문자를 삐뚤빼뚤 그리고, 나아가 그것들을 어떻게 이어 쓰는지 배웠던 그 순간들의 황홀했던 이국 정조마저 잊어버리게 될 거라는 불길한 예감을 동반했다.

물론 시간이 흐르면서 그는 어느덧 그렇게 바뀐 광장에 대해서 오히려 후한 점수를 주기 시작했다. 무엇보다 기억을 부순 자리를 눈치 빠른 토건업자들이 장악할까봐 걱정이었는데, 다행히 수원에서도 가장 노른자위에 속할 그 땅은 홍살문 하나만 달랑 세운 채 텅 빈 광장 그대로 남아 있었다. 고마웠다. 그것이 진정한 역사적 맥락보다는 이른바 기억 산업의 차원으로 재현된 데 불과하다고 해도, 뭐, 봐줄 만하다고 생각했다. 사실 권력자의 이해관계를 대변하는 이데올로기로서 역사는 그간 대체로 너무 근엄했고 또 억압적이지 않았던가.* 일본 도쿄와 중국 상하이를 오가며 동아시아 근대의 도시사를 연구하는 아들의 책장에서 꺼낸 책이 이렇게 반문하고 있었다.

그는 수원박물관보다도 수원과 화성에 관한 자료들을 더 쉽게 찾을 수 있는 선경도서관 향토자료실에서 이런저런 기록들을 들추었다.

1910년 한일합병이 이루어지자, 일제는 무너진 나라에 천황의 '은혜'를 베풀기로 결정한다. 이 땅 곳곳에 근대적 의료 시설을 세워 황은의 망극함을 실감토록 하겠다는 것. 자혜의원이라는 이름부터가 그런 의도를 노골적으로 반영했다. 수원에도 행궁 옆 화령전에 설치를 결정했다. 화령전은 본디 정조대왕의 어진을 모신 사당이었지만, 1908년에 어진을 덕수궁으로 이전하였기에 빈 건물로 남아 있었다. 그러나 자혜의원을 정식으로 개원한 이후, 일제는 곧 본심을 드러냈다. 화령전이 비좁아 넘

---

* 전진성, 『역사가 기억을 말하다』, 휴머니스트, 2005. 특히 프롤로그 참고.

화성행궁 홍살문 너머로 종로 거리를 보다.

치는 의료 수요를 감당하기 어렵다는 구실로 아예 행궁을 병원 건물로 적극 활용하겠다는 것이었다. 행궁이 지니는 상징성을 철저히 무시하는 처사였다. 그때부터 행궁의 정전 격인 봉수당을 병원 본관으로 사용하는 것을 시작으로 대대적인 행궁 침략이 전개되었다. 걸리적거리는 것은 간단히 부수고, 부족하다고 여긴 것은 제멋대로 고쳐 사용했다. 그것도 모자라 1925년에는 자혜의원을 경기도립수원의원으로 개칭하면서, 봉수당마저 헐고 그 자리에 2층짜리 벽돌 건물을 세웠다. 그때부터는 아예 사리고 아닌 척 꾸미는 눈치마저 사라졌다. 그리하여 1935년이면 모두 576칸에 이르던 행궁 건물 중에서 남은 것이 유일하게 낙남헌 하나였다. 참혹하기 이를 데 없는 반달리즘이었다. 낙남헌은 그나마 수원군청으로 사용되고 있어 파괴를 모면했다.

이럴진대, 화성행궁을 둘러보는 일은 기억과 기록 사이를 걷는 줄타기일 수밖에 없다. 이때 기댈 수 있는 기록에 『원행을묘정리의궤』가 있다. 원행園行은 임금이 부친의 무덤에 가는 일이다. 원래 조선 시대의 무덤은 그 신분에 따라 능, 원, 묘로 구분되는데, 능은 왕과 왕비의 무덤을, 원은 왕세자와 세자비의 무덤을 말한다. 정조의 친아버지 사도세자가 묻힌 무덤은 처음 양주 배봉산 자락의 수은묘였다. 그러던 것이 영우원을 거쳐 현륭원으로, 나중에는 다시 융릉으로 격상되기에 이른다.* 의궤儀軌는 나라에서 큰 의례를 치를 때 훗날 참고하기 위하여 처음부터 끝까지 경과를 자세하게 적은 책을 말한다. 그러니 『원행을묘정리의궤』는

---

* 1899년 장헌세자(사도세자)가 장조莊祖로 추존됨에 따라 현륭원顯隆園도 융릉隆陵으로 이름이 바뀐다.

정조가 재위 19년째인 을묘년(1795)에 부친 장헌세자(사도세자)의 무덤이 있는 현륭원에 간 일을 소상히 적은 기록물이다.

『원행을묘정리의궤』는 2007년 세계기록유산으로 등재된 조선왕조의 4천여 권에 이르는 방대한 의궤 중에서도 가장 찬란한 정점에 속한다. 거기에는 서울 창덕궁에서 출발하여, 시흥, 안양, 수원을 거쳐 현륭원(현재 화성시 소재 융건릉)까지 약 60킬로미터 거리를 수행원 1722명, 말 786필과 함께 8일간 행차한 기록이 자세하게 담겨 있다. 그 능행 당시 정조는 어머니 혜경궁 홍씨의 회갑연도 성대하게 치러드린다. 그리고 그 모든 과정을 또 기록으로 남겼다. 예를 들어 무동이나 기녀들이 지방 관아에서 재주를 보이는 의례를 정재呈才라 하는데, 그 연행에 참가한 연희자들은 서울과 화성부에서 선출한 여성들이었다. 기록은 그들의 이름을 이렇게 전한다.

서울: 기녀 1명(덕애, 47세), 홀기 담당 1명(연섬, 50세), 노래 담당 14명(춘운, 31세/ 철옥, 25세/ 난화, 22세/ 양대운, 19세/ 상애, 18세─이상은 의녀이다. 서지, 45세/ 채단, 40세/ 창섬, 28세/ 윤옥, 27세/ 득선, 27세/ 용대, 25세/ 운선, 24세/ 승애, 21세/ 옥이, 20세─이상은 바느질하는 여비이다.)

화성부: 기녀 1명(계심, 60세), 노래 담당 9명(모애, 35세/ 분단, 29세/ 윤애, 27세/ 동월, 25세/ 계월, 25세/ 매열, 22세/ 경희, 17세/ 금례, 16세/ 복혜, 15세), 춤 담당 5명(명금, 32세/ 연애, 31세/ 금련, 25세/ 옥혜, 21세/ 복취, 21세)

장삼이사, 어중이떠중이, 행인 1, 2, 3, 4가 아니었다. 채단이, 창섬이,

일제강점기를 지난 후, 화성행궁에서 유일하게 남아 있던 낙남헌.

명금이, 복취…… 그들은 1795년 윤2월 13일 수원부 화성행궁 봉수당에서 회갑을 맞이한 대왕의 어머니 혜경궁 홍씨의 진찬연에 참여했고, 그것은 영원한 역사의 일부가 되었다.

『원행을묘정리의궤』는 이 밖에도 악사들의 이름, 정재의 종목, 구체적인 연행 장면, 진찬에 쓰인 도구와 그 배치, 음식의 종류 같은 것들까지 무엇 하나 빠뜨리지 않고 자세한 글과 그림으로 남겨놓고 있다. 가령 음식만 해도 「찬품」 편에서 이동하는 곳에 따라 삼시 세끼에 간식까지 일일이 나누어 정리했는데, 그 각각 음식을 만드는 데 들어간 재료와 수량, 심지어 음식의 높이까지 상세히 기록해두고 있는 것이다. 조선 시대 서민들의 살림살이에 관한 일종의 백과사전인 빙허각 이씨의 『규합총서』에도 음식을 만드는 방법과 재료 등이 자세히 기술되어 있지만, 『원행을묘정리의궤』는 특히 궁중 음식에 대한 귀중한 기록 유산이라는 점에서 차이를 보인다. 이 때문에 황홀한 궁중 음식의 세계를 선보여 세계를 강타한 〈대장금〉 같은 한류 드라마도 나올 수 있었을 것이다.* 원행에 쓰인 재정 또한 세세한 항목까지 기록으로 남겼는데, 이러한 기록은 예산을 절약하는 데에도 단단히 한몫을 한다. 그 결과 실제로 을묘 원행에서는 예상했던 것보다 자금을 많이 남겨, 그 돈으로 제주도의 흉년을 진휼하거나 수원의 둔전 개발 등에 다시 사용할 수 있었다.

정조는 즉위하자마자 규장각을 설치, 단기간에 왕립 학술 기관이자

---

* 김준혁, 『이산 정조, 꿈의 도시 화성을 세우다』, 여유당, 2008, 319쪽.

왕립도서관으로 발전시켰다. 이로써, 거듭 말하지만, 조선의 기록 문화는 그의 당대에 이미 세계사적 의미를 지닐 정도로 만개한다. 정조 시대, 규장각에서 편찬된 서적은 153종 4천여 권에 이른다. 뿐만 아니라, 규장각은 1861년 김정호가 목판본으로 제작한 조선 시대 최고의 지도 '대동여지도'를 비롯하여 각종 지도도 다양하게 보유했다.

정조는 왜 이토록 기록을 중시했을까. 그는 그것이 정조의 기억과 무관하지 않다고 생각한다. 무엇보다 어린 시절 목격한 부친의 참혹한 죽음. 차마 기억하고 싶지 않은 기억. 하지만 반드시 기록해야 하는 기억. 기록은 그런 기억들과 결코 무관할 수 없었을 것이다.

1762년, 그러니까 영조 38년 임오년 윤5월 13일, 마침내 영조의 대처분이 떨어졌다. 세자가 역모를 꾀한다는 나경언의 고변을 친국하는 과정에서, 세자가 침실에 내관을 불러다가 놓고 저는 몰래 스무 날이나 평양에 놀러간 일이며, 제 아이를 둘이나 낳은 후궁 빙애가 옷시중을 잘못든다 하여 때려죽인 일, 궁궐 밖을 은밀히 돌아다닌 일 따위 10개 조목의 비행이 낱낱이 드러났기 때문이다. 영조로서도 더이상 묵과할 수만은 없었다. 그는 세자를 폐하여 서인으로 강등시키는 동시에 몸소 칼을 휘두르며 자결을 요구했다.

땅에 엎드린 세자가 울부짖었다.

"부왕께옵서 죽으라고 명하신다면 죽겠나이다."

이에 신하들이 모두 방성통곡했다.

영조는 신하들을 내쫓고 세자의 자결을 재촉했다. 세자가 옷소매를 찢어 목을 묶어 조이다가 엎어졌다. 강관들이 달려와 목에 묶은 것을 풀

어주었다. 영조가 거듭 재촉하자, 세자가 다시 옷을 찢어 목을 맸다. 삼
정승이 들어왔다가 대왕의 명에 의해 쫓겨났다. 세자가 더이상 도리 없
음을 깨닫고, 마지막으로 세손 보기를 청했다. 영조가 허락했다. 세손이
들어와 할아버지에게 달려가 아버지의 목숨을 빌었다. 영조가 세손을
물리쳤다.

곧 뒤주가 들어왔다.

부왕이 세자 주변에서 그를 돕던 시중들을 쫓아내니, 세자가 그들을
따라 나갔다. 대왕이 세자를 불러오라 엄명을 내렸다. 끌려온 세자가 울
며불며 목숨을 구걸했다. 부왕은 세자의 청을 거절하고 뒤주에 들어갈
것을 거듭 명했다. 세자가 할 수 없이 뒤주에 들어갔다. 영조가 손수 뚜
껑을 닫고 자물쇠를 잠근 뒤, 장판을 대고 대못을 박게 했다. 거기에 다
시 동아줄로 꽁꽁 묶도록 명했다.

세자는 결국 아흐레 만에 굶어 죽었다. 만고에 없던 화변이었다.

영조는 그에게 사도思悼의 시호를 내렸다. 장례식 날에는 직접 묘에 나
가 곡을 했다. 그러면서 "13일의 일은 의義로써 은恩을 제어한 것"이라고
규정했다.

초등학교 시절 그는 사도세자 능으로 소풍을 간 적이 있을 텐데, 대체
차를 타고 갔는지 걸어갔는지조차 모르겠다. 어쨌거나 그때 그 끔찍한
사태의 전말을 알고 나선 으스스한 기분에 휩싸였던 기억은 생생하다.
왕이 제 아들을 뒤주에 넣어 죽였다! 사람들은 그렇게 죽은 세자를 '뒤
주대감'이라고 불렀다. 그때만 해도 그는 세자의 '죄'가 무엇인지 알지

151

못했다. 커서는 책보다 드라마를 통해 전후 사정을 훨씬 실감나게 이해할 수 있었다. 영조는 35세에 하나뿐인 아들 효장세자를 잃었다. 그러다가 마흔이라는 늦은 나이에 영빈에게서 다시 세자를 얻었다. 영조는 왕조의 대통을 이어갈 세자의 탄생에 큰 욕심을 내비쳤다. 백일이 지나자 젖도 제대로 떼지 못한 세자를 어미의 손에서 떼어내 나인들의 품에서 자라게 했다. 사사로운 정보다 사직을 이어갈 체통이 중요하다는 명분이었다. 그것이 훗날 닥칠 커다란 비극의 가장 큰 씨앗이 되리라는 사실을 영조는 미처 알지 못했다. 이후 세자가 엄격한 부왕에 대해 얼마나 큰 내상을 입었는지는 우리 모두 잘 아는 바이다. 부왕에 대한 그의 공포는 심각한 불안 증상으로 이어져, 나중에는 부왕과 관계없는 현상이나 사물에도 겁을 집어먹게 되었다. 천둥 번개를 두려워하다가, 급기야 우레 '뇌' 자나 벼락 '벽' 자만 봐도 몸을 피할 정도에 이르렀다. 옷을 제대로 입지 못하는 기이한 의대병依帶病은 드라마의 단골 소재로 등장했다. 거기에 더하여 세자는 점차 심각한 가학증과 자학증을 보였으니, 심화가 나면 가축은 물론이고 사람마저 매질을 하다가 기어이 때려죽이고, 나중에는 부왕이 꾸짖는다고 우물로 뛰어들기까지 할 정도였다.

그렇더라도 뒤주가 그의 마지막 거처였다니!

세자는 울고불고 버티다가 마지막 순간 제 발로 들어갔다고 되어 있다. 그랬을까. 그때 심정은 어떠했을까. 차라리 왕의 아들로 태어나지 않았더라면, 차라리 농투성이의 아들로 태어났더라면, 차라리 대장장이, 차라리 저 어디 먼 산골에서 버섯을 따고 나물을 캐며 사는 자의 아들로 태어났더라면 싶었을까. 아니, 아마 세자는 차라리 생명 가진 것으

화성행궁, 기억과 기록 사이를 걷다

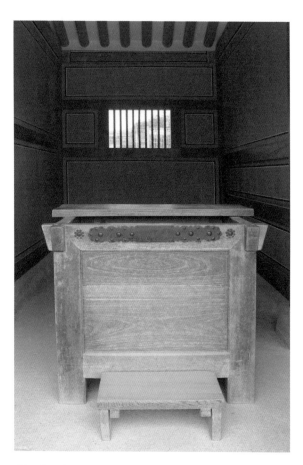

뒤주, 그리고 21세기.

로 태어나지 않았기를 바랐을 것이다. 무릇 생명은 반드시 사라지기에. 사라질 때 사라지더라도, 뒤주는 아니었다. 뚜껑이 닫히고, 쿵쾅, 한동안 요란스럽게 대못질이 이어지고, 그러다가 문득 찾아온 고요. 완벽한 고요.

이것이 무엇인가.

여기가 어딘가.

뒤주에서 세자는 아무것도 먹지 못했다. 판자와 판자 사이 틈으로 기어들어왔을 가느다란 햇살만을 핥아먹었을 것이다. 아, 그때 그 햇살은 무슨 맛이었을까.

어린 그는 한동안 집안 마루 한구석에서 하루종일 그늘만 벗 삼아 있던 뒤주만 봐도 살려달라고 울부짖는 '뒤주대감'의 목소리가 들리는 것 같아 황급히 자리를 피하곤 했다.

아버지가 뒤주에서 죽어갈 때 정조의 나이 11세였다. 아마 그가 융릉으로 소풍을 가던 무렵도 그 나이였을 것이다. 아직 세손으로서 이산은 자기가 할 수 있는 일을 했다. 무엇보다 그것은 기억하는 일이었다. 자기가 본 것을 기억하는 일. 그건 엄청난 고통이 따르는 일이었지만, 결코 피해서는 안 되는 일이었다. 그것이 세손의 운명이었다. 그는 그 사실을 온몸으로 깨달았고, 그래서 기억하고 또 기억하려고 노력했다. 그리하여 1776년 마침내 정조 이산은 '수레 천 대'의 지존으로 등극하자마자 첫번째 교지를 내린다.

"아, 나는 사도세자의 아들이로다."

정조는 너무나 잘 알고 있었다. 자기가 던지는 말 한마디 한마디는 그대로 역사가 된다는 사실을. 사관은 그의 말을 정확히 기록했다. 그후, 정조의 모든 행위는 사적인 기억과 공적인 기록 사이에서 어떤 균형을 찾아가는 절묘한 타협이었다.

앞서 말했듯이, 정조는 즉위하던 해 부친이 묻힌 양주 배봉산의 수은묘를 영우원으로, 사당을 경모궁으로 격상시켰다. 그러다가 즉위한 지 13년째 되던 해인 1789년, 마침내 때가 무르익었다고 판단한 정조는 스스로 풍수를 보고 점찍었던 수원부 화산으로 천장을 결정했다. 아버지 사도세자의 한을 씻어드리는 첫걸음이었다. 그곳에 있던 수원 구읍치는 팔달산 자락으로 신속히 옮기게 했다.

아울러 정조는 이제 충분히 힘을 기른 군주로서 개혁의 웅지를 펴기 시작했다. 수원 화성의 축성이 그 가장 대표적인 프로젝트였다. 천장이든 축성이든 반대파의 저항이 없지 않았지만, 정조는 그때마다 결기와 분노로 그것들을 물리쳤다. 예를 들어 화성 축성이 시작되기 전 현륭원을 다녀간 1794년 1월의 원행에서 정조는 부친의 무덤 앞에서 전보다 훨씬 애통해하는 모습을 보였다. 기록에 남아 있기를, "슬픔을 더욱 억제하지 못하여 옥체를 땅바닥에 던지고 눈물을 한없이 흘리면서 손으로 잔디와 흙을 움켜잡아 뜯다가 손톱이 상하는 지경"이라고 했다. 상황이 이쯤이면 제아무리 세도가 강한 노론 벽파들이라도 어깨를 움찔하며 위기감을 느끼지 않을 수 없었을 것이다.

행궁은 이러한 원행 정치의 결정체였다. 정조가 행궁을 포함한 화성 축성의 모든 과정을 기록하게 한 것, 그리고 원행의 모든 과정을 기록하게 한 것은 당연한 결정이었다. 기억은 그렇게 기록으로 마무리될 수밖에 없었다.

행궁 한쪽에는 뒤주가 있다. 한 개도 아니고 세 개씩이나. 그래도 행궁 안을 무심히 걷다보면 자칫 지나치기 십상이다.

한 관람객이 중얼거린다.

"어, 뒤주 아냐? 왜 여기다 뒤주를 갖다놨지? 신기해. 이거 진짜 오래간만에 본다."

그는 그대로 슬핏 웃으며 심드렁히 기억의 뒤주에서 빠져나온다. 신풍동이다.

나혜석,
여자의
정면

그 신풍동에서 나혜석이 태어났다.

화성행궁을 끼고 오른쪽에 신풍초등학교 옛 교사가 있었다. 신풍학교는 1896년에 수원 최초의 공립학교로 문을 열어 백 년 넘는 역사를 자랑하다가 지금은 영통 신도시로 이전했다. 다시 그 오른쪽으로 돌아가면 화령전이 나온다. 순조가 아버지 정조의 진영을 모시기 위해 만든 전각인데, 나혜석의 출생지는 그 언저리 어디쯤이었다. 그는 머리가 굵도록, 수원에 관한 다른 많은 것처럼 그런 사실도 거의 몰랐다. 훗날 전기적 사실을 몇 가지 익히게 된 이후에도 솔직히 큰 관심의 대상은 아니었다. (그녀는 훗날 매향여자중학교로 이름을 바꾸는 삼일여자학교 출신이다.) 그녀에게 꼬리표처럼 따라다니는 몇 가지 수식어, 예컨대 '조선 최초의 여류화가'라든지, '인형이 되기를 거부한 영원한 신여성' 따위의 말도 귀에 쉽게 들어오지 않았다. 한창 혈기 방장할 때에는 오히려 범접해서는 안

될 '돈 많은 유한마담'쯤으로 간주한 것도 사실이다. 어디서 누구에게 들었는지는 기억에 없지만, 무엇보다 그녀가 살던 시대를 감안해서는 도무지 납득할 수 없는 세계 일주 경력 탓이 컸을 것이다. 그는 화가 났다. 그 무렵 고아가 되다시피 한 자기 아버지는 수원역을 떠나는 기차에 몰래 올라타고 흥남으로 갔고, 가서는 질소 비료 공장의 일개 소년 노동자가 되었다. 그런데 누구는 뭐 세계 일주라고? 유신과 저 참혹한 5월을 겪은 그는 역사가 일러주는 그런 몰상식한 대비를 처음부터 단호히 거부하려 했을지 모른다. 수원에 '나혜석거리'라는 게 생기고, 학계의 가까운 벗들이 나혜석을 다차원으로 조명하는 심포지엄 같은 걸 연다는 풍문에도, 소 닭 보듯 시큰둥했다. 그러다가 마침내 그녀의 생애와 작품을 찬찬히 들여다보게 된 이후, 특히 그녀의 단편소설 「경희」를 읽고 난 지금, 그는 시대와 맞섰던 그녀의 당당한 불화에 새삼 감탄한다.

경희도 사람이다. 그다음에는 여자다. 그러면 여자라는 것보다 먼저 사람이다. 또 조선 사회의 여자보다 먼저 우주 안 전 인류의 여성이다. 이철원 김부인의 딸보다 먼저 하나님의 딸이다. 여하튼 두말할 것 없이 사람의 형상이다. 그 형상은 잠깐 들씌운 가죽뿐 아니라 내장의 구조도 확실히 금수가 아니라 사람이다.

오냐, 사람이다. 사람으로 보이지 않는 험한 길을 찾지 않으면 누구더러 찾으라 하리! 산정에 올라서서 내려다보는 것도 사람이 할 것이다. 오냐, 이 팔은 무엇 하자는 팔이고 이 다리는 어디 쓰자는 다리냐?*

나혜석, 여자의 정면

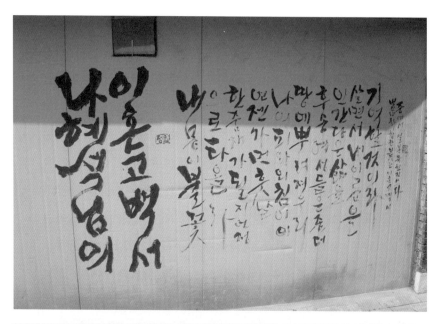

나혜석, '여자의 정면'을 보다, 말하다.

경희는 겉만 개화의 모습을 보이고 속은 여전히 봉건의 낡은 인습을 떨치지 못한 춘원 이광수의 등장인물들보다 어떤 면에서는 훨씬 앞서가는 면모마저 드러낸다.

나혜석의 가슴에 이런 식의 '경희'가 들어선 것은 아무래도 일본 도쿄 유학 때부터라고 추정할 수 있다. 소학교 시절부터 그림에서 출중한 실력을 보여왔던 나혜석은 본격적인 미술 공부를 위해 도쿄의 사립 여자 미술학교에 적을 둔다. 그때 숙명의 사내를 만난다. 게이오대학 학생 최승구였다. 두 사람의 관계는 단번에 연인 사이로 발전한다. 최승구가 조선에서 진작 결혼한 몸이라는 사실은 문제가 되지 않았다. 당시 거의 모든 남자 유학생들이 조혼을 한 상태였기 때문이다. 두 사람은 아무도 간섭하지 않는 자유의 공간 도쿄에서 사랑을 나누었다. 하지만 둘의 행복은 오래가지 못했다. 최승구가 결핵에 걸렸기 때문인데, 그는 학업을 중단한 채 전라도 고흥으로 요양을 떠났다. 나혜석이 그곳까지 힘들게 병문안을 갔지만, 연인의 병세는 이미 돌이킬 수 없는 지경이었다. 최승구는 세상을 떠나고 말았다.

나혜석의 두번째 연인은 김우영이었다. 그는 1916년 명문 교토제대 법학부 학생이었는데, 그 무렵 도쿄에서 자취를 하던 나혜석과 사귀게 된다. 연인 최승구의 죽음으로 발광 상태에까지 이르렀던 나혜석은 생의 활력을 되찾았다. 신여성으로서 자의식도 더없이 분명해졌다. 1919년에는 조선에 돌아와 정신여학교 교사로 지내다가 3·1운동에도 적극

---

* 나혜석, 「경희」, 『정본 나혜석 전집』, 이상경 교열, 태학사, 2000, 103쪽.

적으로 가담했고, 5개월에 걸쳐 혹독한 옥고까지 치렀다.

김우영과 나혜석은 1920년 결혼한다. 두 사람의 결혼은 장안의 화제였다. 나혜석은 결혼을 앞두고 김우영에게 세 가지 약조를 받아냈다.

첫째, 일생을 두고 지금과 같이 나를 사랑해주시오.

둘째, 그림 그리는 것을 방해하지 마시오.

셋째, 시어머니와 전실 딸과는 별거케 하여주시오.

김우영은 기꺼이 그런 요구들을 받아들였다. 두 사람의 신혼여행이 또다시 화제가 된다. 나혜석은 목적지도 밝히지 않은 채 신랑을 데리고 남도로 향했다. 그들의 발길이 가닿은 곳은 놀랍게도 최승구의 무덤이었다. 적잖이 당황했을 김우영이지만 아내의 옛 연인을 위해 비석을 세워주는 아량까지 베풀었다.

1921년 나혜석은 여성 화가 최초로 개인전을 열었다. 이틀 동안 무려 5천여 명이 다녀갈 정도로 대성황이었다. 나혜석은 이미 무엇을 하든 화제를 불러일으키는 명사였다. 선전鮮展, 즉 조선미술전람회에서 연이어 입선한 사실도 그녀를 근대 미술사에서 뚜렷한 존재로 각인시켰다. 남편 김우영이 만주국 영사로 가 있던 시절 감행한 세계 여행 또한 뭇사람들의 눈과 귀를 붙들기 충분한 일대 사건이었다. 1927년 6월 어린 세 자식을 시어머니에게 맡기고 부산 동래를 출발한 그들 부부는 하얼빈을 거쳐 시베리아 횡단열차를 타고 모스크바까지, 거기서 다시 파리까지 동유럽을 횡단했다. 나혜석은 파리에 터를 잡고 그토록 원하던 미술 공부를 실컷 했다. 유럽에서의 생활은 무엇 하나 부족할 게 없었다. 그런 그녀 앞에 최린이 나타났다. 민족 대표 33인의 한 사람으로 옥고를 치렀고, 천도교 대도정까지 지낸 저명인사였다. 나혜석은 최린과 1927년 11월에 처음으로 관계를 맺는데, 그 이후에도 수차례 더 관계가 이어졌다. 실은 남편 김우영이 독일로 법률 공부를 하기 위해 떠나면서, 최린에게 자기 아내를 돌봐달라고 부탁을 했던 것이다. 훗날 그때를 회고하며 나혜석은 "나를 정말 여성으로 만들어준 곳도 파리"라고 말하게 된다. 어쨌거나 두 사람의 '불륜'은 세계 여행을 마치고 귀국한 이후 그 사정이 드러나고 말았다. 남편 김우영은 당장 이혼을 요구했다. 천하의 나혜석이라도 그것은 감당하기 어려운 사태였지만, 결국 이혼 서류에 도장을 찍을 수밖에 없었다.

1935년 나혜석은 남편 김우영에게 자신이 걸어온 반생의 심정을 솔직히 토로하는 형식의 「이혼 고백장」으로 다시 한번 세간에 충격을 던졌다. 그것은 오늘날의 관점으로도 쉽게 접하기 어려운, 당대로서는 가히 혁명적인 '여성 인권 선언'으로 읽힐 여지가 충분한 글이기도 했다. 이를테면 김우영이 자신의 불륜을 비판하지만 실은 저 역시 다른 여자와 정을 통하면서 그런다는 사실을 아는 나혜석은 남성이 지배하는 조선 사회의 편협함과 고루함을 통렬히 비판한다.

그녀는 한발 더 나아간다.

정조는 도덕도 법률도 아무것도 아니요, 오직 취미다. 밥 먹고 싶을 때 밥 먹고, 떡 먹고 싶을 때 떡 먹는 것과 같이 임의용지任意用之로 할 것이요, 결코 마음의 구속을 받을 것이 아니다. (……) 왕왕 우리는 이 정조를 고수하기 위하여 나오는 웃음을 참고 끓는 피를 누르고 하고 싶은 말을 다 못한다.

나혜석, 여자의 정면

이 어이한 모순이냐. 그러므로 우리 해방은 정조의 해방부터 할 것이니 좀 더 정조가 극도로 문란해가지고 다시 정조를 고수하는 자가 있어야 한다.*

정조가 누가 누구에게 강요하고 말고 할 수 없는 하나의 취미라는 주장이다. 이런 글이 백주대낮에 버젓이 발표되었으니, 조선 사회가 받았을 충격은 쉽게 짐작조차 가지 않는다. 여기서 나혜석이 역설하는 바는 "자신의 성적 욕망에 대한 결정권은 자기가 가져야 한다는 것"**이었다.

나혜석은 경제적으로도 이제 더없이 곤궁한 처지에 내몰리게 되었다. 미술조차 그녀를 배반했다. 막다른 골목이었다. 그렇지만 그녀는 끝내 시대와 타협하지 않았다. 수덕사로 김일엽을 찾아갔지만 불교에 귀의할 것을 끝내 거부했다.

'집'을 걷어찬 그녀에게 남은 것은 '길'밖에 없었다. 그리고 그 길이 어디로 이어질지 아무도 몰랐다. 카프카의 「변신」에서 그레고르 잠자가 선택한 것은 다만 은유로서가 아니라, 진짜 벌레가 되는 것이었다.*** 비록 아버지가 던진 사과에 맞아 죽는 한이 있더라도, 그는 그 선택을 물리칠 수 없었다. 그는 아버지로부터 벗어나는 소극적인 자유를 원했던 것이 아니라, 전혀 새로운 꿈, 새로운 변신을 원했던 것이다. 은유가 아니라 변신. 그리고 이 변신이야말로 진정한 출구이자 창조가 아닐까. 식민

---

* 나혜석, 「신생활에 들면서」, 앞의 책, 432~433쪽.
** 이상경, 『나는 인간으로 살고 싶다―영원한 신여성 나혜석』, 한길사, 2009, 401쪽.
*** 질 들뢰즈·펠릭스 가타리, 『카프카―소수적인 문학을 위하여』, 이진경 옮김, 동문선, 2001, 31쪽.

주의와 가부장적 질서가 겹으로 여전히 그 힘을 과시하고 지배하는 조선 사회에서, 나혜석이 꿈꾸었던 것 역시 그저 자기를 옭매는 굴레를 벗어던지는 것만은 아니었을지 모른다. 그녀가 선각자로서 너무 많은 걸 요구했다는 뜻이 아니다. 너무 일찍, 또 너무 다른 꿈을 꾸었다는 뜻이리라. 그때 그녀가 너무 일찍 꾼 그 다른 꿈은 진정한 의미에서의 변신, 다시 말해 '여성'도 '어머니'도 아닌 다만 '인간'으로의 변신 그것이었을 것이다.

그녀는 그렇게 '자유'가 아니라 '출구'를 찾아 길을 떠났다. 당연히, 그녀의 마지막은 초라했다. 자기 배로 낳은 아이들조차 보지 못하고 한데서 잘 수밖에 없는 처지였다. 시중에는 천하의 나혜석이 양로원에 들어가 있다는 소문도 들렸다. 사실이었다. 그러다가 다시 길을 나선 그녀는 1948년 12월 10일 길 위에서 숨을 거둔다. 시립 자제원의 의사는 추운 겨울날 길에서 거둔 그 시체가 나혜석임을 확인했다. 향년 53세였다.

화령전 앞에는 나혜석의 생가 터를 알리는 비석이 하나 서 있다. 바쁜 관광객들의 발길이 거기 머물 리 없다.

동행한 후배 시인 김선향이 그에게 나혜석의 그림 〈화령전 작약〉에 대해 짚어주었다. 이혼한 후 고향에서 지친 심신을 달래던 나혜석에게 화령전을 붉게 뒤덮은 작약이 어찌 위안이 아니었으랴. 그 작약 역시 창경궁을 동물원과 벚꽃놀이 동산으로 만든 일제의 간계와 맞물린다는 해석이 없지 않지만*, 그래도 그는 가끔은 나혜석의 마음을 달랬을 오뉴월 그 흐드러진 작약을 보고 싶었다.

화령전.

그녀는 늘 옆모습만 보여줬지

왼쪽이 웃는 듯해서

오른쪽을 보면 울고 있었어

왼쪽은 나를 사랑했고

오른쪽은 나를 증오하는 것 같았지

섹스를 할 때조차 한쪽 얼굴은 시트에 파묻고 있었으니

(넌 목도 안 아프니?)

구사하고 있는 체위가 좋다는 건지, 싫다는 건지

교성만으론 알 수 없었지

그녀의 정면이 너무나 궁금한 나머지

식칼을 그녀의 목에 들이댔다가 끝내

그녀의 정면은 보지도 못한 채

공중변소 휴지통의 지갑처럼 버림받았지

그후로도 그녀의 정면은 무엇이었을까,

골몰하는 밤들이 수두룩했어**

　실은 그가 더 궁금했던 건 작약이 아니라 여자의 '정면', 나혜석의 '정면'인지도 몰랐다.

---

* 한동민, 『수원을 걷는다―근대 수원 읽기』, 수원박물관, 2012, 289쪽.
** 김선향, 「그녀의 정면」, 『여자의 정면』, 실천문학사, 2016.

그러니,
성밖을
보라

어쨌거나 그는 성밖으로 나왔다. 아래한글 띄어쓰기가 자꾸 '성'과 '밖'을 떼어놓는다. '성안'을 쳐보니 한 낱말로 취급된다. 성벽으로 둘러싸인 안. 그렇다면 그 밖은? 그는 수원과 같은 성곽 도시에서라면 '성밖'도 '성안'과 똑같은 비중을 지녀야 한다고, 그러니 당연히 붙여 써야 한다고 생각했다. 성안과 성밖은 성을 사이에 두고 물리적으로 구분되는 것 이상으로 확연히 다른 개념들이기 때문이다. 그렇다. 성안이 중심과 주류와 표준어의 이상을 구현하는 영토라면, 성밖은 주변과 비주류와 방언의 그것이다. 성/벽은 그것이 적을 막아내는 기본적인 기능 말고도 은밀히 수행하는 임무가 따로 있음을 스스로 인정해야 한다. 원했든 아니든, 분리, 배제, 차단과 같은 차별의 언어가 작동될 수도 있었기에.

그는 이제 고백해야 한다.

본적을 구천동에 둔 그는 스스로 늘 '성안' 사람이라고 생각했다. 한 번도 '성밖'에 산다고 생각한 적이 없었다. 자기가 다닌 초등학교가 남문 옆 성안에 있었기에 더욱 그랬을 것이다. 그러나 이 글을 쓰기 위해 수원박물관에 들렀다가 그는 적잖이 충격을 받게 된다. 수원박물관에서는 마을지를 시리즈로 펴내고 있었다. 서가에서 우선 눈에 띄는 것만 해도 『세류동지』 『서둔동·탑동지』 『고등동지』 『북수원지』 『화성안 마을지』 등이 있었다. 『북수원지』는 당연히 그의 아버지가 현재 사시는 연무동을 포함하고 있었다. 그의 본적이자 그가 어린 시절을 보낸 구천동은 『화성안 마을지』에 있을 터였다. 하지만 아니었다. 거기, 구천동은 없었다. 의혹에 찬 그의 눈길은 자연스레 서가의 맨 구석에 남은 또 한 권의 마을지에 가 닿았다. 『문밖마을』. 놀랍게도 구천동은 거기 들어 있었다. 팔달로3가, 중동, 영동, 교동과 함께.

뒤통수를 세게 얻어맞은 느낌이었다. 믿기 힘들었지만 사실이었다. 가만히 따지니, 남문에서 엎어지면 코 닿을 데라고 해도 구천동은 과연 남문 안이 아니라 밖에 있었다. 그는 갑자기 예전에 소설을 쓰기 위해 읽었던 서울 옛이야기가 떠올랐다. 서울 사람들 중에서 마포 사람하고 왕십리 사람하고는 대번에 구별이 간다고 했다. 주로 채소를 심어서 먹고 사는 왕십리 채소 장수들은 아침 일찍 해를 등지고 성안으로 들어가기 때문에 목덜미가 까맣고, 반대로 마포나루 새우젓 장수는 뜨는 해를 바라보며 성안으로 들어가기 때문에 얼굴이 까맣다는 이야기. 물론 그는 자기 얼굴에서 어느 쪽이 더 까만지 확인해보지는 않았다. 어릴 적부터 워낙 다 까맸으니까.

구천동 골목. 저 공사판 담장 끝에서 오른쪽으로 꺾어지면 우리집 골목이 나온다. 그러나 물론, 사라졌다.

믿어주시기를. 그는 자신이 성안 사람이라고 해서 성밖 사람을 무시하거나 놀리거나 따돌리거나 하지 않았다. 물론 아직 철모르던 중학교 시절은 빼고. 그때 신갈 고매리에서 통학하던 친구가 있었는데, 그 역시 그 친구를 부를 때 딴 급우들처럼 이름 대신 "야, 고매리" 하고 부르곤 했던 것이다. 그러나 그건 그야말로 철모르던 시절의 '장난'이었을 뿐이다. 그는 어쨌든 성안 사람이라는 제 '지위'를 남용해 타인, 특별히 성밖 사람들을 무시하거나 모욕하거나 한 일 따위는 없었다. 그는 그렇게 생각하며 살아왔다.

그런데 자기가 바로 성밖 사람이었다니!

『문밖마을』이라는 지극히 '차별적'인 제목의 마을지 앞에서 그는 허탈하게 웃음을 지을 수밖에 없었다. 갑자기 바로 코앞의 성안마을/문안마을이 광교산만큼 멀리 느껴졌다. 그와 동시에 그가 "고매리" 하고 부르면 그저 사람 좋게 씨익 웃으며 받아주던 그 급우가, 정작 고매리행 시외버스를 타고 집으로 돌아갈 때 되새겼을지도 모를 마음의 상처가 종기처럼 돋아났다.

　　어두워오는 성문 밖의 거리

　　도야지를 몰고 가는 사람이 있다*

그는 "어두워오는 성문 밖의 거리"에서 '그 사람'을 보지 못했다. 아

---

* 백석, 「성외」 부분, 『정본 백석 시집』, 고형진 편, 문학동네, 2007, 44쪽

니, 보지 않으려 했던 것이겠지.

한 풍경이 떠올랐다.

늦은 오후였다. 시장에서 불쑥 큰아버지하고 마주쳤다. 막 인사를 하려는데 갑자기 당신이 두 손으로 잡고 있는 지게가 큼지막하게 눈을 가리는 것이었다. 인계동 집에서 기르는 돼지에게 줄 뜨물을 받으러 오신 참이었다. 큰아버지는 평소처럼 사람 좋은 미소를 지어 보이셨다. 그 순간, 그는 제가 먼저 죄를 지은 듯 얼굴이 화끈거렸다. 주변을 오가는 행인들의 눈길 때문이었다. 그들이 모두 그와 큰아버지를 지켜보는 것 같았다. 어떻게 했을까. 그는 고개만 살짝 수그려 인사를 건네는 둥 마는 둥 하고는 얼른 자리를 벗어났다. 마치 아주 급한 일이 있다는 듯이. 영동시장 안으로 깊숙이 뛰어가면서도 그는 무수한 눈길이 제 뒤통수에 와 꽂히는 것을 느꼈다. 큰아버지에게 무언가 잘못을 저질렀다는 생각이 든 것은 그 직후였다. 하지만 돌이켜보건대 그는 솔직히 이미 여러 차례 그런 '전과'가 있었다. 구천동 골목에서 친구들과 뛰어놀다가도 큰아버지가 뜨물 지게를 지고 가시는 모습을 보면 어디든지 훌쩍 숨어버렸다. 무엇보다 뒤뚱뒤뚱 걸음을 떼실 때마다 흙바닥에 조로록 떨어지던 뜨물 자국 때문이었다. 그 국물은 어린 그의 마음에도 조로록 떨어졌다. 큰아버지가 완전히 빠져나가셨겠다 싶으면 밖으로 나왔다. 그래도 그는 골목 가득 퍼져 있는 시큼한 김칫국물 냄새에 고개부터 절레절레 저으리라.

고백한다. 그는 이것이 스스로 성안 사람이라고 철석같이 믿었던 자신이 꽤 오랫동안 세상을 본 방법이었음을.

구천동,
골목의
전쟁들

구천동에서 가장 선명하게 남아 있는 거의 최초의 기억은 공포였다. 어떤 '삼촌'이 그를 요강 위에 툭 내려놓았는데, 그만 그의 말랑말랑한 엉덩이살이 톡 떨어지고 말았던 것. 아프거나 하지는 않았지만, 이상했다. 어린 나이에도 이건 아니라는 생각이 분명히 들었던 것이다. 삼촌이 그때 어떤 표정을 지었는지는 기억에 남아 있지 않다. 그렇지만 다음 순간, 삼촌은 정신을 번쩍 차리고 마땅히 해야 할 뒤처리를 했다. 한 손으로 수박이 잘 익었는지 안 익었는지 살필 때 칼로 조금 도려서 찍어내는, 정확히 그 고깔 모양으로 떨어져나간 그의 엉덩이살을 주워 들고, 다른 한 손으로는 어린 그를 번쩍 들어 안고 냅다 뛰었다. 다행히 병원은 멀지 않았다. 전기회사다리 근처였는데, 의사는 그다지 놀라지 않았다. 마치 하루에도 한두 명씩은 그렇게 엉덩이살이 떨어져나간 아이들이 징징거리며 찾아온다는 듯 느긋하게 일을 처리했다. 의사는 고깔 꼴로 살이 파인 그의 엉덩이에 뭔가 하얀 가루약을 뿌린 다음, 삼촌이 들고 온 엉덩이 살을 정확히 끼워 맞췄다. 물론 그는 자기 엉덩이를 볼 수 없었지만, 떨어져나간 그의 살은 본래 있어야 할 '집'을 찾아가는 데 큰 어려움이 없었다. 그는 그로부터 한동안 요강을 타고 앉아서는 또 엉덩이살이 떨어져나가면 어떡하나 두려움에 떨어야 했다. 다행스럽게도, 그뒤 그는 다시 누군가가 손에 든 자신의 엉덩이살을 보지는 못했다.

'구천동'이라는 오래된 기표記標 뒤에 숨어 있는 기의記意가 정확히 무엇인지, 그는 자신이 없다. 골목, 구멍가게, 전봇대, 깊은 마루, 그늘, 뒤주, 부엌, 상학이네, 인수네, 영화네, 콩나물 공장, 상이용사, 거지, 땅거미, 장마, 전기회사다리, 식모 할머니, 한증막, 동굴, 껌딱지, 뱀눈이, 영화 포스터, 수원극장—아마 사금파리 같은 이런 이미지들을 짜맞춰서 유년의 서사를 일궈야 할 텐데, 그러기엔 아직 '주어'가 너무 어렸다. 어떤 때는 바람을 불어넣으면 주름진 배가 볼록거리며 뛰는 시늉을 하는 장난감 말들을 엄마 몰래 다락에 얹어놓고 놀던 어린 그가 보이고, 컴컴한 다락, 벽지 대신 바른 신문지에서 곤지름이나 임질처럼 낯선 글자들이 우르르 쏟아져나오고, 인단과 에비오제, 그리고 금계랍 광고가 『선데이서울』의 야릇한 광고와 함께 어린 그의 눈을 유혹했다.

그래도 굳이 의미 있는 줄거리를 만들자면 이런 식이 될 터였다. 당시 한국 사회는 한 전쟁에서 다른 전쟁으로 그 축을 옮겨놓고 있었다. 물론 그 어떤 전쟁인들 그가 본 적도 겪은 바도 없었지만, 그 두 전쟁이 어린 그와 벗들의 곁을 스쳐가고 있었던 것 또한 분명했다. 먼젓번의 전쟁은

구천동 앞 개천.

채 가시지 않은 상흔으로 그들을 찾아왔다. 마치 '무궁화꽃이 피었습니다' 술래를 하다가 고개를 돌리면, 친구들이 온데간데없이 사라진 거기 텅 빈 골목에 땅거미처럼 불쑥 들어서던 한 그림자처럼.

사내의 손을 보지 말았어야 했다. 낡은 군복을 입은 사내는 어린 그에게 쑥 손을 내밀었는데, 마땅히 손이 있어야 할 자리에는 놀랍게도 노란색 미제 연필을 몇 자루 쥔 갈고리가 있었다. 아, 나더러 어쩌란 말인가. 그는 '동란'의 비극이 자기에게 그런 식으로 번역되어 나타날 줄은 꿈에도 몰랐다. 어떤 반응을 보여야 했을까. 다짜고짜 달아나기? 침착하게 고개 젓기? 연필은 집에도 많이 있다고 말하기? 분명한 것은, 그때 설령 사내의 손을 보았더라도 눈까지는 보지 말았어야 했다는 때늦은 후회뿐이었다. 사내는 아마 어린 그에게 연필을 팔지 못할 거라는 사실을 잘 알고 있었으리라. 아무리 먹고사는 집안 아이들이라도 그 무렵 그들의 호주머니에는 땡전 한 푼 없는 게 너무나 당연한 일이었으니까. 그럼에도 그 상이용사 사내가 갈고리 손을 쑥 내민 것은 무슨 뜻이었을까. 그는 분노와 슬픔이 반반씩 섞인 사내의 눈빛에서 어렴풋이 그 뜻을 읽어낼 수 있었다.

이렇게, 정말이지 이렇게, 다시 하루가 저물어도 되는 거니?

다시 이렇게 밤이 온다고?

아마 사내는 누구라도 붙잡고 다만 그렇게 묻고 싶었던 것인지도 몰랐다.

그러나 슬픈 전쟁의 날들은 1번국도 저편으로 이미 지나갔고, 이제 막 찾아온 새로운 전쟁은 대체로 신나는 편에 속했다. 동네 아이들은 어느

새 둘만 모였다 하면 연속극 〈전투〉의 세계로 홀딱 빠져들었다. 한 놈이 "캄뱃!" 하면 다른 놈이 "스타링 빅 모로" 하면서 줄을 맞췄다. 먼저 말을 꺼낸 놈이 헨리 중위(릭 제이슨)가 되고, 뒤에 선 놈이 샌더스 중사(빅 모로)가 되는 것이다. 서로 불만은 없다. 계급은 헨리 중위가 높아도, 전투의 경험에서는 샌더스 중사가 한 수 위이니까. 그러면 금세 어디선가 나타난 다른 놈들이 분대원이 되었다. 그의 분대는 독일군들이 전차를 타고 오고 있다는 첩보를 받고 이동을 시작했다. 캄뱃! 빠바바밤빠 바, 빠바바밤빠 바…… 그들은 그렇게 입으로 연신 주제가를 부르면서 독일군이 다가오는 전선을 향해 용감하게 행군을 계속했다. 그러다가 실제 전투 장면을 재연할 차례가 되면, 서로 독일군을 안 하겠다고 떼를 쓰고, 그러다가도 "땅야! 이 나쁜 독일 놈아!" 하고 한 놈이 먼저 총을 쏘고 달아나면, 그때부터 본격적인 '전투'가 시작되게 마련이었다. 한 가지 아쉬운 점은, 그들이 아무리 실감나게 연기를 해도 실제 드라마처럼 때맞춰 배경 음악이며 효과음이 뒤를 받쳐주지 못했다는 점이다. 그래도 뭐 크게 상관은 없었다. 그는 적을 향해 총을 갈겨 쏜 다음, 손가락을 튕겨 철모를 멋지게 젖히는 샌더스 중사 흉내를 내면 그만이었으니까.

전선은 곧 '인도지나' 반도로 확대되었다. 드라마에서 본 〈전투〉만큼의 실감은 없어도, 월남전은 그때 이미 구천동 골목까지 깊숙이 들어와 있었다. 나쁜 놈은 무조건 '베트콩'이었다. 마치 서부 영화에서 인디언은 무조건 존 웨인의 총을 맞고 우수수 나가떨어져야 했듯이, 자유대한의 용사들은 하루에도 수십 명씩 그 나쁜 베트콩들이 두 손 높이 치켜들고 땅굴 밖으로 나오게 만들었다.

　　자유 통일 위해서 조국을 지키시다

　　조국의 이름으로 님들은 뽑혔으니

　　그 이름 맹호부대 맹호부대 용사들아

　　가시는 곳 월남 땅 하늘은 멀더라도

　　한결같은 겨레 마음 님의 뒤를 따르리라

　　한결같은 겨레 마음 님의 뒤를 따르리라

　그때는 이미 십자성부대를 필두로 백마부대, 맹호부대, 청룡부대 장병들이 대거 월남 땅으로 건너간 뒤였다. 수원극장에서 영화를 시작하기 전 '대한 뉴우스'를 통해 부산항 부두를 행진하는 파월 장병들의 모습을 보여주기 시작한 것도 이미 오래전이었다. 그뒤로도 수원극장에서는 여전히 비가 왔고, 그와 어린 '전우'들은 여전히 비 오는 그 화면을 통해서 월남전 소식을 접할 수 있었다. 과연 국군 장병 아저씨들은 용맹했다. 안케 고지에서, 뚜이호아에서, 짜빈동에서, 베트콩들은 가을바람 앞 낙엽처럼 궤멸을 면치 못했다. 그들은 비록 나이가 어렸지만 한결같은 겨레 마음으로 님의 뒤를 따르겠다는 각오를 다졌다. 그러나 솔직히 관심은 다른 데 있었다. 맹호부대가 세냐, 청룡부대가 세냐. 맹호와 청룡이 이역만리 월남 땅을 누비는 동안, 그들은 그렇게 내기를 했다. 십자성부대, 비둘기부대, 백마부대는 미안하지만 관심 밖이었다. 월남 우표도 인기를 끌었다. 거리에 바나나가 지천이라는 나라가 천국이 아니면 어디가 천국이란 말인가. 그 나라 우표는 뭐가 달라도 다른 것 같았다. 거기 그려진 소는 우리 소하고도 달랐다. 무엇보다 야자수 아래 검은 선글

라스를 낀 멋진 국군 장병 아저씨나, 이따금 직접 월남으로 날아가 위문 공연을 하는 가수 '씨스터즈'들도 월남전의 훌륭한 기표였다. 그러나 무 어니 무어니 해도 어린 그들의 관심이 가장 크게 가닿은 곳은 누구네 삼 촌이 월남에서 돌아올 때 바리바리 싸왔다는 물건들이었다. 그 삼촌이 푼 '더플백' 속에서는 일제 소니 텔레비전이며 세탁기, 라디오, 심지어 한 번도 먹어보지 못한 미제 전투식량 시레이션까지 마구 쏟아져나온다 고 했기 때문이다. 덕분에 영동시장 시민백화점 앞에서 양키 물건을 팔 던 천덕상회에도 그런 물건들이 차고 넘쳤다.

다 좋은데 한 가지 곤혹스러운 것은 파월 장병들에게 보낼 위문편지 를 쓰는 일이었다. 학교에서는 전교생을 대상으로 위문편지 쓰기 대회 를 열기도 했는데, 솔직히 대부분의 아이들은 대체 어떻게 해야 파월 장 병들이 위로를 받을지에 대해서는 알 턱이 없었다. 장난삼아 "베트콩들 을 많이 잡아오세요" 했다가 야단을 맞는 놈도 있었다. 그러나 정작 학 교를 큰 충격에 빠뜨린 사건은 곧 드러날 터였다.

전교생을 대상으로 하는 운동장 조회 시간이었다. 그날따라 단상에 오르는 교장 선생님의 표정이 썩 좋지 않아 보였다. 아니나다를까, 교장 선생님은 다짜고짜 화부터 냈다. 당신의 손에 들려 있는 것은 어느 학생 이 썼다는 위문편지였다.

"아니, 내가 봤으니 망정이지, 만약 이대로 부쳤으면 어쩔 뻔했어요? 학교 망신도 유분수지. 누구야, 이 학생이? 뭐? 국군 장병 아저씨, 그럼 명복을 빕니다?"

순간, 키가 제일 큰 6학년 줄에서 약간 웅성거리는 소리가 흘러나왔을

지 모른다. 하지만 대부분의 학생들은 교장 선생님의 말뜻을 거의 이해하지 못했을 게 분명했다. 고학년이 그럴 판이었으니, 코를 여전히 훌쩍거리고, 그러다가 혀를 뻗어 콧물을 날름 핥아먹기도 하는 저학년짜리들이야 말해 무엇하겠는가. 그 역시 그 당장은 뭐가 문제라는 거지, 하고 고개를 갸우뚱거렸다.

나중에야 학생들은 "명복을 빕니다"가 문제라는 사실을 담임 선생님으로부터 배웠다. 그건 죽은 사람에게나 쓰는 말이라고 했다. 그렇다면 정말 큰일이 날 뻔한 것이었다. 하지만 그들로서도 억울한 면이 없지 않았다. 그때는 이미 알게 모르게 월남전과 관련해서 적잖이 그 말을 들어왔던 터였기 때문이다. 그렇게 편지를 쓴 아이도 귀에 익도록 들었던 그 말을 아마 편지의 마무리 인사 정도로 알고 있었는지 모른다. 아무튼 그 사건이 있고 나서 그는 '대한 뉴우스'를 전혀 다른 시각으로 보기 시작했다. 그의 눈에는 이제 늠름하게 행진하는 장병들의 모습보다는 서울 동작동 국립현충원에서 작은 단지를 끌어안고 오열하는 시골 할머니, 어머니들의 모습이 훨씬 자주 훨씬 선명하게 들어오기 시작했다. 그는 그 항아리 속에 무엇이 들었는지 비로소 눈치를 차렸다.

어느 날 숨바꼭질을 할 때였다. 그가 술래였을 것이다. 꼭 꼭 숨어라, 머리카락 보일라…… 됐니? 아직. 꼭 꼭 숨어라, 머리카락…… 됐어? 대답이 없다. 그는 얼른 고개를 돌렸다. 방금 전까지 아이들로 와자하던 골목은 거짓말처럼 고요했다. 그는 그렇게 찾아온 정적이 약간 두렵기도 했다.

마침 햇볕이 따사로웠다. 그는 아이들이 숨었을 곳을 찾아 골목을 뒤지는 대신, 담장에 기대선 채 가만히 하늘을 올려다보았다. 햇살이 따가워서 눈을 제대로 뜰 수 없었다. 저절로 눈꺼풀이 감기려는데, 갑자기 무슨 물체가 나타나 눈앞에 아른거리기 시작했다. 봄날 아지랑이는 아니었다. 마치 아령같이 생긴 작은 '무엇'이었다. 물체도, 그렇다고 물체가 아닌 것도 아닌 그 무엇. 그것들은 심지어 하나둘이 아니었다. 여기저기서 나타나 미끄럼을 타듯 위로 오르거나 거꾸로 떨어지고 있었다. 아주 땅바닥으로 떨어지는 건 없었고, 대개는 논물 위 소금쟁이처럼 느릿느릿 움직이면서 허공중으로 올라갔다. 손을 뻗어도 만질 수는 없었다. 눈을 완전히 감아도 여전히 망막을 어지럽히며 돌아다녔다. 그에게 불현듯 공포가 찾아왔다. 능수가 했던 말이 생각났기 때문이다. 능수는 건물에 4층이 없는 이유를 '넋 사' 자 때문이라고 했다. 그는 그게 아닌 것 같았지만 확신할 수 없어서 가만히 고개를 주억거렸다. 그러다가 겨우 물었다.

"근데, 넋이 뭐야?"

"영혼이지."

"영혼이 뭐야?"

"짜식, 넌 모르는 것도 참 많다. 사람이 죽으면 먼지처럼 조그맣게 변해서 날아다니는 거야."

그는 그제야 깨달았다. 눈앞에 갑자기 나타난 아령같이 생긴 그 이상한, 물체도 아니고 그렇다고 물체가 아닌 것도 아닌 것들이 바로 능수가 말한 넋이요 영혼일지 모른다는 사실을. 그 순간 목덜미가 차가운 눈발

구천동 골목의 옛 모습을 그나마 보여주는 화신옥 건물.

을 맞은 듯 선뜩했다. 팔뚝에 오소소 소름이 돋은 것도 거의 동시였다. 엄마야, 그는 후다닥 걸음아 나 살려라 냅다 뛰었다.

지금 구천동에 가도 그런 소년을 떠올리는 건 쉽지 않다. 그의 집은 진작 사라져 길이 되어버렸고, 골목 또한 이리 찢기고 저리 할퀸 채 모텔과 빌라에 둘러싸였다. 화신옥이 제법 오래 건물의 자취로 남아 있었지만, 이름은 익숙해도 그의 기억 속 어디에도 그곳 문턱을 밟은 기억은 없다. 그래도 우래옥을 찾아내곤 얼마나 기뻤는지 모른다. 골목 어귀에서 인계동 쪽으로 수십 년 그 자리를 지켜온 음식점이었다. 면발 굵은 우동을 딱 한 번인가 사 먹은 기억이 가물가물한데, 간판은 우리옥에, 주종은 우동이 아니라 냉면이었다. 그 스스로 자신의 빈약한 기억을 어디까지 믿어야 할지 또 씁쓰레한 미소를 짓고 만다. 그래도 그쪽 어디에 한증막이 있었지 하는 또다른 기억이 용케 고개를 쳐든다. 아직 학교에도 안 다닐 때였을 것이다. 집에서 일을 하는 할머니와 함께 그 한증막을 갔다. 문 대신 사용하는 가마니를 들추자 화산이 터진 듯 열기가 확 끼쳐왔다. 그리고 아주 짧은 순간 그 뽀얀 김 사이로 마치 무덤 속 같고 열탕 지옥 같은 거기에, 세상에, 할머니들이 수십 명은 오글오글 앉아서, 너 잡아먹으려고 기다렸지 하는 눈길을 일제히 던지는 게 아닌가. 천생 울보였던 그는 그만 앙 하고 또 울음을 터뜨리고 말았다.

그때 그 할머니들은 모두 어디로 가셨을까.

양키시장과
시민관

영동시장 안에는 단층짜리 제일백화점이라고 있었는데, 거기 남문 쪽 출입구에 작은 문방구가 하나 있었다. 그의 친구 승하네 집이었다. 이제 세월이 흘러 승하에 관해 거의 모든 것을 잊어먹었지만, 그는 딱 하나 그 애가 그림을 무척 잘 그렸다는 사실은 분명히 기억한다. 콧수염도 일찍 돋았다. 언젠가 승하가 자기가 그린 배 그림을 보여준 적이 있었다. 그는 깜짝 놀랐다. 잘 그린 것도 그린 것이지만, 자기하고 너무나 달랐기 때문이다. 자기라면 당연히 배의 모든 게 한눈에 다 드러나게 측면도를 그렸을 터였다. 그런데 승하는 달랐다. 그 애는 이미 원근법과 소실점을 알고 있었다. 승하가 그린 배는 저만큼 수평선 위로 이제 막 뱃머리를 드러낸 모습이었다. 그러면서 연통으로 검은 연기를 퐁퐁퐁 힘차게 뿜어내는 배. 그 배는 그를 향해 천천히 다가오고 있었다. 그는 수십 년이 지난 지금도 그 그림이 던져주었던 충격을 생생히 기억한다. 지금 물론 승하네 문방구는 없다. 승하 소식도 알 리 없다.

　그 옆 시민관도 사라진 지 오래였다. 그는 거기서 본 영화 몇 편을 기억한다. 〈성웅 이순신〉과 〈빨간 마후라〉를 기억하고, 〈팔도강산〉을 시리즈로 기억한다. 당대 최고의 배우 신영균과 신성일, 엄앵란을 비롯하여 김희갑, 서영춘, 남궁원, 그리고 당시 그가 좋아했던 배우 독고성도 기억한다. 깃을 세운 잠바 차림의 그가 골목을 가로막은 채 상대방에게 던지던 그 비수 같던 눈빛이라니! (실은 그건 트위스트 김이었을지, 자신이 없다.) 에밀레종의 이야기를 다룬 영화의 제목은 잊었다. 단순한 시절이었으니, 아마 〈에밀레종〉이었을 것이다. 그 영화를 보고 돌아온 날 밤, 그는 사지가 아직 말랑말랑하고 뼈도 여린 자기를 붙잡아서 쇳물에 녹여 종을 만들려는 어둠 속 두억시니들에게 정신없이 쫓겼다. 네 뼈를 발라서 말이지, 살점을 떼어먹고 말이지, 뼈다귀는 가루로 내서 말이지…… 그 가위눌린 꿈속에서, 그는 수원 시내가 떠나가라 통곡했다. 아무도 그를 구하러 오지 않았다. 나중에 알고 보니 그 영화를 본 수원 시내 모든 아이들이 비슷한 상황을 겪은 것이어서 조금은 안심했지만. 찰톤 헤스톤의 〈십계〉는 더 말해 무엇하랴. 검은 구름 사이로 폭포처럼 쏟아지던 햇발과 장엄한 노을, 그리고 네 이웃의 재물을 탐하지 말라, 살인을 하지 말라, 우상을 섬기지 말라, 십계명을 외치던 그 쩌렁쩌렁하던 목소리. 무엇보다 쩍 갈라진 홍해 바닷길로 뒤쫓아오던 애굽(이집트) 군대를 집어삼킬 듯 덮쳐오던 그 엄청난 물벼락이라니! 그러나 시민관에서 본 영화 중에서 가장 인상 깊었던 건 흑백 영화 〈저 하늘에도 슬픔이〉였다. 대구에 살던 한 고아의 실화를 바탕으로 만든 영화였다. 주인공 소년은 구두닦이를 해서 생긴 돈으로 배고픈 동생들을 위해 사과를 한 봉지 살 수 있었다. 그런데 맛있게 먹을 동생들을 생각하며 서둘러 길을 건다가 그만 넘어져서 사과 봉지를 엎고 말았다. 그때 땅바닥을 데굴데굴 굴러가던 애기 주먹만한 사과들…… 어린 그는 당장 화면 속으로 달려들어가 그 사과들을 주워주고 싶었다. 관객들도 대개 다 심정이 비슷해서 의자에서 이만큼씩 몸을 앞으로 뺐을 것이다.

시민관 바로 앞이 양키시장이었다. 주로 오산이나 쑥고개, 평택 등지 미군 부대에서 흘러나오는 미제 물건들을 파는 몇 개의 상점이 붙어 있었다. 하지만 그곳에 어린아이의 눈과 넋을 홀딱 빼앗는 도깨비가 살고 있어서일까, 어른들은 굳이 도깨비시장이라고 부르기도 했다. 물론 이미 혼자서 학교도 오가던 그는 곧 산타 할아버지는 몰라도 도깨비 같은 건 없다고 확신했지만, 그 곁에만 가면 묘하게 도깨비에라도 홀린 듯 절로 발길이 멈춰지곤 했다. 무엇보다 그는 영어 ABC가 곁에 쓰어 있던 새알초콜릿에 가슴이 저릴 정도였다. 아, 언젠가 어떤 기회로 한번 입에 댄 적이 있었다. 아마 어쩌다 집에 찾아오곤 하던 아버지의 동업자 만복이 아저씨가 사주었을까. 아니면 미국으로 이민 간 누구네 친척이 보내준 초콜릿이었을까. 과자 가게를 하던 그의 가게에 롯데, 해태, 크라운 등 수많은 종류의 과자와 사탕이 있었어도, 그는 그토록 신비한 맛을 맛본 적이 없었다. 가히 맛의 마술이었다. ABC 새알초콜릿은 입안에 들어가자마자 사르르 녹아버렸고, 한 개를 입에 넣으면 두 개, 세 개 한없이 손이 가도록 만들었다. 하지만 그 무렵 어린 그도 알고 있었다. 거기는 언제든 갑자기 경찰이 들이닥칠 수 있다는 사실을. 그러면 가게 주인들은 그 바로 직전 도깨비처럼 후다닥 사라지기도 한다는 사실을.

양키?

오, 양키!

포르말린 냄새가 장난 아니었다.

서예를
배우던
시간

양키시장 옆에 2층인가 3층짜리 건물이 있고, 거기 2층인가 3층에 서예 학원이 있었다. 한때 그는 그 서예 학원에 다닌 적이 있었다.

아주 짧은 봄날의 춘사 같은 일이었지만, 물론 전말이 있다.

자, 그는 마침내 폐결핵에 걸렸다.

군의관이 엑스레이 사진을 보며 짓는 표정을 보고서야 그는 자신이 제 몸에 무슨 짓을 저질렀는지 깨달았다. 때는 늦었다. 멀쩡하던 그는 그날부터 아프기 시작했고, 곧바로 앓아누웠다. 처음 증상은 혼곤한 잠으로 나타났다. 밑도 끝도 없이 잠이 쏟아졌다. 비몽사몽이라는 말 그대로였다. 깨어 있어도 그는 잤고, 꿈을 꾸었으며, 꿈속에서도 다시 잠을 잤다. 그렇게 자고 나면 손가락 한 마디조차 꼼지락할 기력이 없었다. 마치 물에 푹 젖은 이불솜에서 빠져나온 듯 온몸은 땀으로 흥건했다. 그러면 하루가 온통 축축했다. 늪이었고 수렁이었다. 햇볕 한 점 들지 않는,

낙엽이 쌓이고 쌓여 고스란히 썩어가는 숲 그늘이었다. 악취가 진동했다. 그리고 젊은 그의 영혼이 늪 속으로 수렁 속으로 천천히 가라앉는데도 한창 스무 살의 그가 할 수 있는 일은 아무것도 없었다. 목구멍에서는 시도 때도 없이 나이드라지드의 무미건조한 맛이 목젖을 울컥 건드렸다. 그때 그의 집은 몰락을 향해 치닫고 있었다. 엄마가 낸 기사식당 뒷마당에 빌린 '지상의 방 한 칸'이 유일한 거처였다. 그 방에서 일곱 식구가 쪽잠을 잤다. 시집갈 나이가 다 된 누나들도 어쩔 수 없었다. 햇볕 한 점 들어오지 않는 무덤 같은 방이었다. 거기, 저만큼 장롱 앞 어둠 한구석에 생에 어떤 특별한 목적도 걸지 않은 한 청년이 온종일 허깨비처럼 앉아 있었다.

장롱에는 거울이 있었다.

거울속에는소리가없소.

저렇게까지조용한세상은참으로없을것이오.

(……)

거울때문에나는거울속의나를만져보지를못하는구료마는

거울아니었던들내가어찌거울속의나를만나보기만이라도했겠소.

나는지금거울을안가졌소마는거울속에는늘거울속의내가있소.*

---

* 이상, 「거울」 부분, 『이상문학전집』 제1권 시, 김주현 주해, 소명출판, 2005, 79쪽(문장 현대어로 정리―인용자)

그는 밤마다 악몽을 꾸었다. 가위눌린 잠에서 겨우 깨어나면 요와 이불은 밤새 흘린 식은땀으로 흥건히 젖어 있었다. 나이드라지드와 에탐부톨, 그리고 신약 리팜피신을 먹기 시작했다. 리팜피신은 효과가 좋다고 했지만 값이 비쌌고, 무엇보다 약이 독했다. 한 알만 먹어도 오줌 줄기가 새빨갛게 변했다. 그는 차츰 공중변소에도 가지 못하는 처지가 되었다. 그가 내쉬는 숨에서는 늘 약 냄새가 풍겨나왔다.

그의 엄마는 결핵이 얼마나 무서운 전염병인지 알지도 못했다. 그는 그의 병이 꼭 나을 거라는 엄마의 그 지독한 확신이 싫었다. 엄마는 누군가가 몸에 좋다고만 하면 당장 손을 쓰셨다. 그렇더라도 엄마는 멀쩡하다가도 언제 어디로 튈지 모르는 장남의 심기를 건드리지 않으려고 무진 눈치를 보셨다. 그래도 푹 고아서 희멀건, 한눈에도 돼지 뜨물 같은 붕어즙을 그의 앞에 슬쩍 내미는 엄마를 보고서는 더이상 참을 수 없었다. 그는 벌컥 화를 내면서 밖으로 나가버렸다. 그때 엄마가 어떤 표정을 지었을지 그는 몰랐다. 그때도 몰랐고, 지금도 여전히 모른다. 그렇더라도 아직 그에게는 더 끔찍한 자기 파괴의 순간이 기다리고 있었다.

어느 날 그는 컴컴한 방안에서 작은누나와 다툼을 벌였다. 이유가 뭔지 기억에도 없지만, 사실 어떤 이유라도 상관없었다. 그는 시간만 정해지지 않았다 뿐이지, 뭐든 슬쩍 닿기만 하면 무조건 폭발할 폭탄이었다. 그는 작은누나에게 자신이 누구인지 정체를 똑똑히 각인시켜주고 싶었다. 나를 만만히 보지 마! 그래도 그의 집에서 가장 대가 셌던 작은누나는 눈 하나 깜짝하지 않았다. 어느 순간 그는 에이, 죽어버리겠다고 했을 테고, 작은누나는 그러든지 말든지 했을 것이다. 그는 머리끝까지 화가

치뻗었다. 무덤 같은 방안이 들썩거렸다. 장안동이, 수원이, 남한이, 마침내 우주가 부글부글 끓었다. 마침 리팜피신이 눈에 띄었다. 그는 그걸 입에 털어넣기 시작했다. 먹으면서 개수를 셌다. 봐, 똑똑히. 하나, 둘, 셋…… 열 개 스무 개가 넘어가자 어떤 불안감이 싹텄지만, 물러설 데는 없었다. 그는 쉰 몇 알까지 세었다. 마침내 약통의 바닥이 드러났을까. 돌연 공포가 엄습했다. 그는 그길로 집을 뛰쳐나갔다. 차가운 밤공기를 쐬자마자 이건 아니라는 생각이 번쩍 들었다. 내가 무슨 짓을 저질렀나. 그때 그 순간부터 그는 무조건 살아야 한다고 생각했다. 그 와중에도 그는 영악했다. 자기 주량을 알았다. 길가 포장마차로 달려갔고, 소주 한 병을 샀고, 입도 떼지 않고 벌컥벌컥 털어 부었다. 돈을 냈는지, 주인이 뭐라고 했는지, 손님들이 놀랐는지 어쨌는지, 기억에 없다. 그는 수원 시내 한복판을 비틀비틀 뛰고 또 기어서 인계동 친구네 집으로, 나중에는 또 어찌어찌 지동 친구네 집으로 갔다. 그는 아마 내가 곧 죽는다고 징징 짰을 텐데, 친구들은 그의 죽음에 대해서 그다지 심각하게 생각하는 것 같지 않았다. 그는 제 발로 기어가 마당 수돗가에 엎드린 채 입안에 손가락을 넣고 억억 속의 것들을 몽땅 게워내고야 말았다. 그렇게 그는 살아났다. 어쩌면 안 죽을 만큼만 먹었기 때문에 안 죽었던 것인지도 몰랐다. 아무튼 하루종일, 어쩌면 이틀간을 꼬박 잠을 잤는데, 눈을 떴을 때는 작은누나인지 엄마인지 가련한 눈으로 그를 내려다보고 있었던 것 같다.

　도대체 그는 제 속에 어떤 괴물을 키우고 있어 그토록 끔찍했던 것일까.

　마음을 다잡기 위해 서예 학원에 등록했다. 국전 입상 경력을 자랑하던 스승은 첫날 스케치북에 영자팔법의 영永 자를 멋지게 써준 다음, 그건 덮었다. 대신 신문지에 '한일一' 자를 써주었다. 그때부터 매일같이 그는 제 이름자의 끝 글자이기도 한 그 한일자를 쓰는 게 일이었다. 정해진 수업 시간이 따로 없었다. 가고 싶은 대로 가서 쓰고 싶은 만큼 쓰면 되는 것이었다.

어느 날 학원에 들어섰더니 제 또래의, 얼굴 윤곽선이 뚜렷한 여자애가 눈에 들어왔다. 그는 슬금슬금 곁눈질을 해가며 한일자를 썼다. 그러다가 스승과 그 제자가 대화를 나누는 장면을 목격했는데, 어딘가 이상했다. 알고 보니 농아였다. 그는 또 병통이 도졌다. 그 여자애의 장애가 마치 제 탓인 양 미안해 견딜 수 없었다. 그러는 통에 마음은 또 흔들렸고, 붓도 흔들렸고, 그 여자애를 보는 일도 너무나 괴로웠다. 결국 그는 한일자조차 제대로 쓰지 못한 채 학원을 그만두고 말았다. 그는 학원에서 나오던 날의 날씨를 기억하지 못한다. 그가 아래층까지 걸어내려가 양키시장 앞 길거리에 섰을 때, 잘 쓴 서예 글씨 상호 밖으로 조금 남은 유리창 빈 공간을 통해 그 여자애가 그의 모습을 봤는지 어땠는지도 알지 못한다. 소심한 그는 뒤를 돌아보지 못했다. 그렇게 아무 일도 없이 싱거운 끝이었지만, 그는 왜 그런지 수십 년 동안 그 여자애의 장애를 기억했다(말을 걸지 못한 그 숱한 순간들이여). 그 무렵 친구들은 하나둘 군대에 갔고, 더러는 고시 공부를 한다며 먼 데 절을 찾아 수원을 떠났다. 알고 보니 그는 잘난 것도 하나 없었다. 기껏해야 약에 전 폐병쟁이일 뿐이었다. 그는 그 꼴로 시내를 돌아다니는 일이 얼마나 부끄러운 일인지 스스로 깨닫고 걸음을 자제했다. 여자애가 이따금 생각났지만, 어쩔 수 없는 일이라고 생각했다.

괴물을 잡으려면. 제 속에서 시도 때도 없이 고개를 쳐드는 괴물을 잡으려면.

몇 년 후 우연히 그 앞길을 지나게 되어 서예 학원을 찾았지만, 역시 온데간데없었다. 그러니까, 세상은 그런 것이었다.

팽나무고개,
그 모든 것의
시작

 몇 개의 이미지가 두서없이 떠오를 뿐, 그건 어느 누구의 시대도 아니었다. 말로 포착하는 순간, 모래성처럼 스르르 무너지고 말 것 같은 이미지들. 가령 아득한 기억의 저편, 담배 같은 것을 팔던 가겟방, 손바닥만한 유리창, 혹은 햇볕 한 줌 들지 않는 깊숙한 안마당.

 수원중학교 후문 바로 옆에 소년의 집이 있었다.

 사람들은 그 동네를 '팽나무고개'라고 불렀다. 아버지의 아버지와 아버지의 어머니는 아직 어린 자식들을 쪼르르 매달고 수원으로 넘어와 그곳에 처음 자리를 잡았다. 자리를 잡았다고? 실은 송곳이나마 꽂을 땅한 뙈기조차 없었다. 두 분은 매일같이 남의 논으로 밭으로, 또 남의 잔칫집으로 상갓집으로 품을 팔러 갔다. 해 떨어질 무렵 집이라고 돌아온 당신들은 하루종일 빈 손가락만 빨며 기다리던 자식들 앞에 각기 목에 두른 수건을 풀어놓으셨다. 땀에 절고 때가 타서 꼬질꼬질해진 수건에

팽나무고개 초입의 팽나무. 내 가장 먼 기억이 여기서 시작된다.

서는 놉 준 집에서 가져온 식은 밥덩이가 나왔다. 소년의 아버지는 환장하고 달려들었다. 세 살 터울 손위 누이가 눈치를 줬지만 씨알도 먹히지 않았다. 아버지는 아버지의 아버지와 아버지의 어머니가 언제 어디로 밥을 먹는지 마는지, 아무런 관심도 없었다. 언젠가 아버지는 아버지의 아버지와 아버지의 어머니 중 어느 한 분이 점심때 와서 그렇게 내려놓고 간 밥 한 덩이를 놓고 누이하고 다퉜다. 말이 다툼이지, 아버지의 눈에는 뵈는 게 없었다. 아버지는 밀고 당기며 실랑이하다가 누이의 팔을 와락 깨물었다. 아귀 같았어. 밥덩이를 독차지할 욕심이었다. 어찌나 세게 물었던지 누이의 하얀 살에 금세 피가 돌고 살점이 뚝 떨어져나갈 것 같았다. 그새 아버지는 밥덩이를 얼른 털어넣었다. 비명을 듣고 아버지의 형이 달려왔다. 그는 눈앞에 펼쳐진 광경에 꼭지가 돌았다. 아버지보다 아홉 살이나 위인, 그때는 벌써 장정이 된 아버지의 형이 어린 아버지를 냅다 한 방 내갈겼다. 아버지는 허공을 붕 떠서 날아갔다. 매질은 한참 더 이어졌다. 죽는 줄 알았어. 그러면서도 맞을 짓을 했다고, 까마득한 세월 후에도 거듭 반성했다. 얼마 후 형님은 가라후도(사할린)로 가셨지. 실제 아버지의 형이 징용을 간 것은 그러고도 몇 해 더 지나서였다. 그러나 소년의 아버지에게 팽나무고개의 시간은 딱히 정확할 필요가 없었다. 어디를 짚어도 맨 똑같은 풍경뿐이었으니까. 배고픔, 배고픔, 배고픔. 그런 시간들은 오로지 훌쩍 지나가기 위해서만 존재했다.

벽이 어른 팔뚝만큼 두꺼웠다는 토담집은 무덤 속처럼 컴컴했다. 소년의 아버지의 아버지는 팽나무고개 그 토담집에서 돌아가셨다. 땡볕에 보리타작을 하고 나서 여느 때보다 일찍 돌아온 당신은 배를 잡고 뒹굴었다. 입에서는 시커먼 오물을 연신 토해내셨다. 누가 가서 의사를 불러 왔을 때는 이미 숨이 끊어지신 뒤였다. 이듬해, 아버지의 어머니마저 돌아가셨다. 그렇게 해서 앞뒤가 다 캄캄한 소작농의 자식들은 쪼르르 고아가 된다. 소년의 형은 일본인의 과수원에 일하러 가고, 누이는 남의 집으로 민며느리를 살러 갔다. 어린 아버지는?

그는 아버지가 성당(성공회 성당. 지금의 성스테반 성당)에 다녔다는 사실을 뒤늦게 알았는데, 세례명이 '신라'라고 했다. 죽은 남동생은 '가부열', 즉 가브리엘이었다. 유럽 작가들의 소설을 제법 읽은 그는 성당이 어느 정도 구빈원 구실을 했을 거라고 짐작했다. 하지만 당시에는 성당도 밥을 줄 형편이 아니었다. 어쩌다 과자나 사탕을 한두 개 나눠주는 게 고작이었다. 그는 아버지가 성당에 다닌 게 아버지의 어머니, 즉 할머니 때문이라는 사실은 까맣게 모르고 있었다. 사실인즉, 그분이 독실한 신자이셨다. 아버지는 밥때가 되어도 손가락만 빠는 처지에 한 번이라도 빠지면 큰일날 것처럼 성당에 다니시는 당신의 어머니가 미웠다.

하얀 보자기를 머리에 쓰고 기도를 하시는데, 난 솔직히 싫었어.

그는 감격했다. 볕에 그을려 새카만 얼굴에 하얀 미사포를 쓰고 기도하는 소작농의 아내라니! 그는 사진 한 장 없는 할머니의 모습을 얼마든지 떠올릴 수 있을 것 같았다. 그 모습만으로도 할머니는 손자의 계급적 허기를 꽤 달래주었다. 눈물이 핑 돌았다.

하지만 아버지의 기억에서 성당은 곧 사라진다. 어느 날 아버지는 광교산에서 몰래 해온 나무를 팔러 갔다가 남창동 어느 부잣집 첩실이 마나님 눈에 들었고, 그때부터 노리개 같은 더부살이를 하게 되는 것이다.

내 아버지의 어머니 민중이 다니셨던 성당.

아버지의 팽나무고개 시절 이야기를 들을 때마다 그는 신화의 시대를 미처 청산하지 못한 '낡은 한국인'들이 수원중학교 앞길을 좀비처럼 어슬렁어슬렁 걸어다니는 광경을 떠올렸다. 평생을 소작농으로 산 '아버지의 아버지 민중'은 '아버지의 어머니 민중'과 함께 사진 한 장 남기지 못한 채 역사의 저편으로 사라지셨다. 그 무렵 중국 대륙에서는 마오쩌둥의 홍군이 장제스의 국민당군에게 쫓겨 대장정을 시작했다. 봉쇄를 뚫는 것 자체가 기적이었지만, 홍군은 대도하와 대설산까지 넘었다. 유럽에서는 아돌프 히틀러가 제3제국의 총통이 되었다. 독일 국민들은 나치의 거침없는 돌진에 열광했다. 바야흐로 유럽의 긴장은 정점을 향해 치달았다. 그러나 식민지 조선의 수원 땅 팽나무고개 마루에서는 역사란 어떤 것이든 헛껍데기 신기루 같았다.

그는 자기 동기들이 때마다 제사를 지내드리는 두 신위가 진짜 존재하기는 했나 싶은 때도 있었다. 언젠가 그의 아버지는 종친회에 거금을 주고 열 권짜리 대동보 한 질을 구해오셨다. 적혀 있기를, 강릉 김씨 한림공파라고 했다. 그렇지만 평생 땅만 파다가 무덤 속 같은 토담집에서 유언 하나 없이 숨을 거둔 '아버지의 아버지 민중'에게 한림공파든 뭐든 그런 '벼슬'이 뒤늦게 다 무슨 소용이겠는가. 수원의 성밖/문밖 민중들은 그 무렵 여전히 당산나무 주변에 심심찮게 출몰했을, 시대의 흐름을 영 따라붙지 못하던 조선 귀신들하고 비교해도 처지가 크게 낫지는 않았을 터였다.

사실, 그의 아버지에게는 미몽이었던 팽나무고개 시절이 자식들에게는 계몽의 시작이었다. 학교 문턱에도 못 가본 아버지와 어머니는 주르르 달린 자식들을 공부시키는 데 당신들의 인생을 바쳤다. 문제는 항산恒產이었다. 앞에서 그는 자신의 유년 시절이 가난과는 거리가 멀었다고 말했다. 사실이다. 그러나 그가 중학교 3학년 때이던 1970년 영동시장에 큰불이 일어났고, 그 이후 모든 것이 바뀌었다. 그의 집은 뒤늦게 몰락의 길을 걷기 시작했다. 그 몰락의 속도는 너무나 가팔라서, 그런 상황에서 그의 5남매가 다 대학을 졸업한 사실은 말로는 쉽게 설명이 안 된다.

이런 일도 있었다.

그는 서울 낙골 산동네에 사는 이모네에서 고등학교를 다녔는데, 처음에는 한 달에 한 번꼴로 수원 집에 내려오곤 했다. 그러나 그 일도 점점 힘들어졌다. 이모에게 차비 좀 달라고 손을 벌리는 것도 하루이틀이지, 나중에는 몇 달에 한 번 겨우 수원에 내려왔다. 그 무렵 아버지는 연이은 부도로 인해 모든 신뢰를 상실했기 때문에 집안 경제의 주도권은 자연스레 어머니에게로 넘어갔다. 경제는 무슨! 쉽게 말해 어머니 당신 혼자서 그의 온 식구를 먹여 살렸다는 뜻이다. 어머니는 기사식당에, 분식집에, 여관까지 닥치는 대로 일을 했다. 그 과정에서 빚쟁이들을 피해 수시로 '집'도 옮겨야 했다.

그날 그는 모처럼 수원에 내려갔다. 초인종을 눌렀는데 안에서는 아무런 반응이 없었다. 동생들의 이름을 불러도 대답이 없었다. 한참 만에야 주인아주머니가 나오셨다. 아마 낮잠을 주무셨던 모양이었다. 그는 대문 안쪽으로 들어가려고 한쪽 발을 들어올리면서 물었다.

"저어, 우리집 식구들 다들 어디 갔나요?"

"응? 아직 몰랐어?"

"네?"

"진작 이사 갔잖아."

그는 무슨 말을 들었나 싶었다. 눈앞이 캄캄해졌고, 순간적으로 다리가 휘청거렸다. 지독한 배반감이 엄습했다. 말도 안 되는 일이었다. 그러나 곧 정신을 수습한 그는 인사도 하는 둥 마는 둥 골목을 빠져나왔다. 더욱 기가 막히는 것은 수원에 사는 다른 이모네를 찾아갔을 때였다. 도대체 그가 무어라 말을 꺼내야 했겠는가.

우리집 어디 갔냐고?

우리 엄마, 날 버리고 어디 갔냐고?

Epilogue
화서역에서

　이탈로 칼비노가 높은 보루에 에워싸인 도시 자이라에 대해 말했듯이, 도시는 계단이 얼마나 많은지, 지붕이 어떤 모양으로 되어 있는지 하는 것 따위로 구성되지 않는다. 그런 것들을 말하는 것은 오히려 아무것도 말하지 않는 것과 다름이 없다고 했다. 도시는 그런 물질들이 아니라, '공간의 크기와 과거 사건들 사이의 관계'로 이루어지기 때문이다. 그래서 그는 이렇게 말한다.

　도시는 기억으로 넘쳐흐르는 이러한 파도에 스펀지처럼 흠뻑 젖었다가 팽창합니다. 자이라의 현재를 묘사할 때는 그 속에 과거를 모두 포함시켜야 합니다. 그러나 도시는 자신의 과거를 말하지 않습니다. 도시의 과거는 마치 손에 그려진 손금들처럼 거리 모퉁이에, 창살에, 계단 난간에, 피뢰침 안테나에, 깃대에 쓰여 있으며 그 자체로 긁히고 잘리고 조각나고 소용돌

이치는 모든 단편들에 담겨 있습니다.*

화성이 오늘날의 수원에서 아주 많은 것을 차지하고 있는 것은 사실이다. 그러나 수원은 내가 아직 살던 무렵에도 이미 화성 바깥으로 끊임없이 팽창하고 있었다. 칼비노가 가상의 도시들에 대한 몽상을 통해 오히려 현실의 도시가 무엇으로 구성되는지, '공간의 크기와 과거 사건들 사이의 관계'가 왜 중요한지를 보여주었듯이, 화성을 끌어안은 수원뿐만 아니라 화성 바깥으로 팽창하던 수원도 내게는 또다른 기억과 기호로 남아 있다.

화서역은 화성 바깥쪽에 멀찌감치 떨어져 있다.

그 무렵 화서역은 간이역과 다름없었다. 타는 사람도 내리는 사람도 거의 없었다. 어쩌다 내린 승객도 텅 빈 승강장에 외롭게 선 제 그림자가 쫓아올까봐 서둘러 역사를 빠져나갔다. 겨울이면 바람은 남과 북, 동과 서를 종횡으로 갈라 치며 미친 듯 날뛰었다. 그런 삭풍 속에서도 전철이 다가오는 소리가 들려오고, 저만큼 낮은 언덕에 서 있는 초라한 주공아파트 단지에 하나둘 불빛이 켜질 때, 무엇에든 잠시 넋을 잃은 청년이 차에 올라타는 것을 깜빡 잊는 경우도 왕왕 있었다. 물론 그곳은 상행선보다는 하행선이, 타는 것보다는 내리는 것이, 그러니까 기억보다는 망각이 훨씬 잘 어울리는 정거장이었다. 가령, 막차를 타고 내려온 청년은 차

* 이탈로 칼비노, 『보이지 않는 도시들』 이현경 옮김, 민음사, 2007, 18쪽

화서역은 상행선보다는 하행선이, 타는 것보다는 내리는 것이, 그러니까 기억보다는 망각이 훨씬 더 잘 어울리는 정거장이었다.

Epilogue

마 뒤를 돌아볼 수 없었다. 서울이 집인 여자가 함께 타지 않았을 가능성이 99퍼센트였지만, 청년은 미련하게도 나머지 1퍼센트에 목숨을 걸게 마련이었다. 그러나 역시 여자는 내리지 않았다. 화서역의 그 짙은 어둠 속에는 오직 청년의 남루한 그림자만이 술에 취해 비틀거릴 뿐이었다. 청년은 쉽게 발걸음을 떼지 못한 채 오래도록 거기 그렇게 서 있었다. 온갖 망상이 그의 머릿속을 들쑤시며 지나갔다. 매 순간, 사랑과 증오가 엇갈렸다. 청년은 더이상 견딜 수 없었다. 잊자. 잊어버리자, 까짓것! 화서역은 청년이 기어이 그렇게 속으로 울부짖기에 더없이 적당한 장소였다. 미친 바람, 살을 에는 바람이 오히려 청년을 위무했다. 꽁꽁 얼어붙은 두 뺨에 손을 얹을 생각도 하지 못하는 청년은 자신이 무엇 때문에 그토록 아픈지조차 차츰 잊을 수 있었다.

술에 억병으로 취한 그 흔한 어떤 날, 어떻게든 막차를 타고 내려와 겨우 역사를 빠져나올 무렵에는 오직 황량한 어둠만이 청년을 기다리고 있기 마련이었다. 그는 애써 심호흡을 하고 나서 그 어둠 속으로 걸음을 내디뎠다. 비틀비틀, 그는 끝없이 흔들렸고, 제 걸음에 다시 취해 멀미가 일었다. 그렇게 걸어 집으로 갈 때 청년은 과연 훗날 그런 자기 자신을 되돌아볼 날이 올 거라고 생각은 했는지, 기억에 없다.

유신 반대 삐라의 초안을 썼다는 죄목으로 청년이 붙잡힌 곳도 화서동 방이었다. 그만의 방이었다. 결핵에 걸린 그를 위해 엄마가 얻어준 방. 그곳이 어디던가. 기억은 다시 가물가물 사라진다.

물론 아무리 오랜 세월이 흐른다고 해도, 결코 잊을 수 없는 선명한 기억의 한 장면도 있는 법이다. 1983년 어느 가을날, 나는 서빙고 보안사에 끌려갔다가 한밤중에 풀려났다. 그러곤 어디서 어떻게 전철을 타고 화서역까지 내려왔는지 모른다. 막내 남동생이 캄캄한 어둠 속에서 기다리고 있었다. 서로 무슨 말을 많이 했던 것 같지는 않다. 딱히 할말도 없었다. 나는 다만 동생이 부축하는 대로 느릿느릿 걸음을 떼었다. 그때 우리가 살던 연립주택은 화서역 근처 연초 제조창에서 멀지 않은 곳에 있었지만, 동생은 미리 불러둔 택시에 나를 태웠다. 가까스로 집에 들어오자마자 동생이 내 바지를 벗기고 안티푸라민을 발라주었다. 그 독한 약 냄새를 맡으며 나는 곧 까무룩한 잠에 곯아떨어지고 말았다.

꿈을 꾸었는데, 꿈에서도 그게 꿈이라는 사실을 분명히 인식하고 있었다.

높다란 들창 너머로 소리가 들려왔다. 가만히 귀를 기울이니, 까르르 웃는 아이들의 웃음소리였다. 고무줄놀이를 하고, 공을 차고, 짓궂게 여자애의 치마를 들추고 달아나는 사내애의 웃음소리. 초등학교 운동장이구나. 비로소 숨을 쉴 수 있었다. 사방에서 나를 조여오던 벽들도 천천히 물러나는 것 같았다. 그럼, 그렇지. 아이들이 얼마나 예쁜가. 햇살은 눈부시고, 하얀 구름이 있어 하늘은 더욱 푸르고, 싱그러운 바람이 연둣빛 나뭇가지 끝에 걸리고…… 그런데 어느 순간 갑자기 그 모든 와자지껄한 소리가 썰물처럼 빠져나갔다. 그러고 보니 들창은 너무 작았다. 소리조차 함부로 드나들 수 없었다. 나는 빠져나가는 소리들을 잡기 위해 얼른 손을 뻗었다.

"뭐야, 이 자식! 어쭈, 이거 꾀를 쓰네? 손모가지가 부러지면 끝날 줄

"인간은 자유로 선고받았다." (사르트르)

알아?"

쇳녹이 묻은 듯한 거친 목소리. 그가 침대에 엎어진 나를 향해 또다시 각목을 치켜들었다.

나는 번쩍 눈을 떴다.

다행이었다. 살았다. 식은땀이 이불과 요를 흥건히 적시고 있었지만, 나는 분명히 수원 우리집 내 방에 있었던 것이다.

이제 화서역에 가도 지난 시절의 어떤 흔적도 찾을 수 없다. 바람이 무시로 몰아치던 빈터 같은 건 더이상 없다. 예전보다 수직으로 평균 한 10층씩 고도를 더 높인 아파트들은 동서남북 어디서나 쉽게 하늘을 가렸고, 그런 건물들 사이로 불어오는 바람은 더이상 날카롭지 않았다. 그래도 거기 계단 끝에 서서 농대 쪽을 바라보면 서호가 한눈에 들어올 것이다.

비 오는 날, 혹은 벚꽃잎들이 눈처럼 펄펄 날리는 날, 한번쯤 그곳을 찾기를. 수원에, 화서역에, 서호에 어떤 연고나 기억이 없더라도 상관없으니, 그저 호수 둘레를 따라 천천히 걸어보시라. 그러다가 공원 안쪽에 자리잡은 커피숍에 들러 카푸치노 한 잔을 시켜놓고 비 내리고 꽃잎 날리는 창밖을 바라본다면, 그것 자체가 새로운 기억이 될지 모른다.

꿈속의 도시에서 그는 젊은이였습니다. 그러나 그는 이시도라에 노년이 되어 도착합니다. 광장에서는 노인들이 빙 둘러앉아 지나가는 젊은이들을 구경합니다. 그는 노인들 옆에 나란히 앉습니다. 욕망은 이미 추억이 되었습니다.*

서울농대가 아직도 서둔동에 있는지 모르겠다. 있다면 언제 한번 천천히 둘러보고 싶은데, 물론 지난 시절의 기억 때문이다. 그해 여름, 마침 대학가요제라는 게 열린다는 소문이 돌아 난리가 아니었다. 전국 각지에서 노래 좀 한다는 학생들, 연주 좀 한다는 밴드들이 다 환장을 하고 달려들었다. 수원도 예외가 아니었다. 나는 서울대 수의대 그룹사운드 제브라하고 연이 닿아 노랫말을 써주기로 했다. 인사를 나누기로 한 날이었을까, 방학이라 학생들이 모두 빠져나가 텅 빈 운동장을 천천히 걸어가던 내 모습이 생생히 기억난다. 날은 덥고, 쓰르라미는 쓰르르 쓰르르 귀청이 떨어져라 울어대고, 뻣정한 미루나무는 군대 막사 같은 양철 콘센트 건물 위로 그림자를 길게 드리우는데, 어디선가 타닥타닥 이제 막 연습을 시작한 밴드의 드럼 소리가 들려왔다. 내 심장도 덩달아 쿵쿵 뛰었다. 그건 단순한 음악이 아니었다. 자유였고 해방이었다. 교문 밖으로 한 발짝만 걸어나가도 당장 코에 닿는 공기가 달랐으므로. 둔중하게 땅에 깔리는 베이스, 째지듯 솟구치는 퍼스트, 그리고 둥 탕 둥 탕 때리는 드럼. 저마다 제 길을 갈 뿐인데, 그것들이 어디선가 모여 기막힌 화음을 이루었다. 하필이면 여름이었고, 하필이면 땅에서 푹푹 더운 풀 김이 올라왔고, 하필이면 하늘은 구름 한 점 없이 높고 푸르렀다. 그랬다. 소리의 발원은 '다른 세상'이었고, 나는 그곳을 향해 한층 조급해진 발

---

* 이탈로 칼비노, 『보이지 않는 도시들』 이현경 옮김, 민음사, 2007, 14쪽

걸음을 옮기면서도, 언젠가, 그래, 바로 이날의 이 순간을 기억하는 때가 오긴 올까, 하고 생각했다.

무엇인가 마음속으로 간절히 갈망하던 것이 있었을 것이다.

사랑이여, 그대는
내 영혼이 애타게 갈망하는 모든 것

Thou wast all that to me, love,
For whom my soul did pine*

시를 쓴다면 꼭 그렇게 쓰고 싶었다.
그해 여름, 아직 가을이 오기 전이었으니.

참, 아버지 이야기를 해야 한다. 걱정 마시라. 내 아버지는 날이 따뜻해진 후부터는 바깥출입을 하셨다. 연세에 비해서는 여전히 기력이 좋은 편이시다. 문제는 하루에도 몇 번씩 똑같은 질문을 하신다는 점이다. 그게 다 탄핵 정국 때문이었다. 겨울은 길었고, 자식들은 아버지의 폐렴을 염려해 석 달 열흘 문을 닫아걸었으며, 텔레비전에서는 그 전대미문의 사건을 하루종일 보도했으니까. 그렇게 겨울이 지나고 봄이 왔다.

어느 날, 이상한 기미를 눈치챈 아버지가 물으셨다.

---

* 에드거 앨런 포, 「To One in Paradise」 일부.

"얘, 지금 우리나라 대통령이 누구냐?"

성실한 나는 백 번쯤 대답해드렸다. 그러다보면 오히려 치매 등급 4급의 아버지가 멀쩡한 내 인지 능력을 테스트하시는 건지도 모른다는 생각이 슬쩍 들기도 했다.

그러거나 말거나, 이제 아버지를 모시고 한여름 화홍문을 찾으려 한다. 오랜 가뭄 끝에 장마가 시작되었지만, 뭐 어쩌랴. 실은, 비에 젖은 화성을 보는 게 내 오랜 꿈이기도 했으니까.

여기까지 쓴 걸 다듬고 있는데, 어느덧 첫눈이 내렸다 한다. 공식적으로, 눈발도 없이. 오후 2시 반, 내가 앉은 커피숍 창밖으로 벌거벗은 나무들이 추워 보이지만, 성은 늘 거기 있다.

화성.

지구가 아니고 화성이다.

나는…… 싱긋 웃는다. 수고했다. 이제 좀 가벼워져도 좋겠다.

걸어본다 17 | 수원

수원을 걷는 건 화성을 걷는 것이다

ⓒ 김남일 2018

초판 1쇄 인쇄 2018년 9월 9일
초판 1쇄 발행 2018년 9월 19일
지은이 김남일
펴낸이 김민정
편집 김필균 도한나
디자인 한혜진
마케팅 정민호 박보람 나해진 우상욱
홍보 김희숙 김상만 이천희
제작 강신은 김동욱 임현식
제작처 영신사
펴낸곳 (주)난다
출판등록 2016년 8월 25일 제406-2016-000108호
주소 10881 경기도 파주시 회동길 210
전자우편 blackinana@gmail.com 트위터 @blackinana
문의전화 031-955-2656(편집) 031-955-8890(마케팅) 031-955-8855(팩스)

ISBN 979-11-88862-11-5 03810